U0136476

# 短期速成

**サバイバル会話教材　知りたい日本語を知りたい順に！**

# 流利説日語

渡部由紀子・角谷佳奈・左弥寿子・緒方由希子　著

大新書局　印行

# ひらがな

| | a | i | u | e | o |
|---|---|---|---|---|---|
| **a** | あ | い | う | え | お |
| **k** | か | き | く | け | こ |
| | ka | ki | ku | ke | ko |
| **s** | さ | し | す | せ | そ |
| | sa | shi | su | se | so |
| **t** | た | ち | つ | て | と |
| | ta | chi | tsu | te | to |
| **n** | な | に | ぬ | ね | の |
| | na | ni | nu | ne | no |
| **h** | は | ひ | ふ | へ | ほ |
| | ha | hi | fu | he | ho |
| **m** | ま | み | む | め | も |
| | ma | mi | mu | me | mo |
| **y** | や | | ゆ | | よ |
| | ya | | yu | | yo |
| **r** | ら | り | る | れ | ろ |
| | ra | ri | ru | re | ro |
| **w** | わ | | | | を |
| | wa | | | | o |
| **n** | ん | | | | |
| | n | | | | |

| | kya | kyu | kyo |
|---|---|---|---|
| | きゃ | きゅ | きょ |
| | sha | shu | sho |
| | しゃ | しゅ | しょ |
| | cha | chu | cho |
| | ちゃ | ちゅ | ちょ |
| | nya | nyu | nyo |
| | にゃ | にゅ | にょ |
| | hya | hyu | hyo |
| | ひゃ | ひゅ | ひょ |
| | mya | myu | myo |
| | みゃ | みゅ | みょ |

| rya | ryu | ryo |
|---|---|---|
| りゃ | りゅ | りょ |

| | ga | gi | gu | ge | go |
|---|---|---|---|---|---|
| **g** | が | ぎ | ぐ | げ | ご |
| **z** | ざ | じ | ず | ぜ | ぞ |
| | za | ji | zu | ze | zo |
| **d** | だ | ぢ | づ | で | ど |
| | da | ji | zu | de | do |
| **b** | ば | び | ぶ | べ | ぼ |
| | ba | bi | bu | be | bo |
| **p** | ぱ | ぴ | ぷ | ぺ | ぽ |
| | pa | pi | pu | pe | po |

| | gya | gyu | gyo |
|---|---|---|---|
| | ぎゃ | ぎゅ | ぎょ |
| | ja | ju | jo |
| | じゃ | じゅ | じょ |

| byа | byu | byo |
|---|---|---|
| びゃ | びゅ | びょ |

| pya | pyu | pyo |
|---|---|---|
| ぴゃ | ぴゅ | ぴょ |

# カタカナ

| | a | i | u | e | o |
|---|---|---|---|---|---|
| **a** | ア (a) | イ (i) | ウ (u) | エ (e) | オ (o) |
| **k** | カ (ka) | キ (ki) | ク (ku) | ケ (ke) | コ (ko) |
| **s** | サ (sa) | シ (shi) | ス (su) | セ (se) | ソ (so) |
| **t** | タ (ta) | チ (chi) | ツ (tsu) | テ (te) | ト (to) |
| **n** | ナ (na) | ニ (ni) | ヌ (nu) | ネ (ne) | ノ (no) |
| **h** | ハ (ha) | ヒ (hi) | フ (fu) | ヘ (he) | ホ (ho) |
| **m** | マ (ma) | ミ (mi) | ム (mu) | メ (me) | モ (mo) |
| **y** | ヤ (ya) | | ユ (yu) | | ヨ (yo) |
| **r** | ラ (ra) | リ (ri) | ル (ru) | レ (re) | ロ (ro) |
| **w** | ワ (wa) | | | | ヲ (o) |
| **n** | ン (n) | | | | |

| | | | |
|---|---|---|---|
| | kya | kyu | kyo |
| | キャ | キュ | キョ |
| | sha | shu | sho |
| | シャ | シュ | ショ |
| | cha | chu | cho |
| | チャ | チュ | チョ |
| | nya | nyu | nyo |
| | ニャ | ニュ | ニョ |
| | hya | hyu | hyo |
| | ヒャ | ヒュ | ヒョ |
| | mya | myu | myo |
| | ミャ | ミュ | ミョ |
| | rya | ryu | ryo |
| | リャ | リュ | リョ |

| | ga | gi | gu | ge | go |
|---|---|---|---|---|---|
| **g** | ガ (ga) | ギ (gi) | グ (gu) | ゲ (ge) | ゴ (go) |
| **z** | ザ (za) | ジ (ji) | ズ (zu) | ゼ (ze) | ゾ (zo) |
| **d** | ダ (da) | ヂ (ji) | ヅ (zu) | デ (de) | ド (do) |
| **b** | バ (ba) | ビ (bi) | ブ (bu) | ベ (be) | ボ (bo) |
| **p** | パ (pa) | ピ (pi) | プ (pu) | ペ (pe) | ポ (po) |

| | gya | gyu | gyo |
|---|---|---|---|
| | ギャ | ギュ | ギョ |
| | ja | ju | jo |
| | ジャ | ジュ | ジョ |
| | bya | byu | byo |
| | ビャ | ビュ | ビョ |
| | pya | pyu | pyo |
| | ピャ | ピュ | ピョ |

色
顔色

赤（い）＊
紅色（的）

青（い）＊
藍色（的）

黄色（い）＊
黄色（的）

*い形容詞

黒（い）＊
黒色（的）

白（い）＊
白色（的）

緑
緑色

オレンジ
橘色

ピンク
粉紅色

黄緑
黄緑色

紺
深藍色

水色
淺藍色

紫
紫色

茶色／ブラウン
咖啡色

灰色／グレー
灰色

日本料理
日本料理

すき焼き
壽喜燒

しゃぶしゃぶ
涮涮鍋

焼肉
烤肉

焼き鳥
烤雞肉串

刺身
生魚片

天ぷら
天婦羅

から揚げ
炸雞

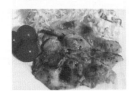
しょうが焼き
薑絲豬肉

鶏の照り焼き
照燒雞肉

肉じゃが
馬鈴薯燉肉

おでん
關東煮

**親子丼**
おやこどん
雞肉蛋蓋飯

**牛丼**
ぎゅうどん
牛肉蓋飯

**かつ丼**
どん
炸豬排蓋飯

**天丼**
てんどん
炸蝦蓋飯

**にぎりずし**
握壽司

**ちらしずし**
散壽司

**いなりずし**
豆皮壽司

**のり巻き**
海苔卷壽司

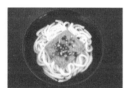

**きつねうどん**
豆皮烏龍麵

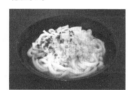

**たぬきうどん**
炸麵餅烏龍麵

**天ぷらそば**
てん
天婦羅蕎麥麵

**ざるそば**
蕎麥涼麵

**しょうゆラーメン**
醬油拉麵

**塩ラーメン**
しお
鹽味拉麵

**味噌ラーメン**
みそ
味噌拉麵

**とんこつラーメン**
豚骨拉麵

**焼きそば**
炒麵

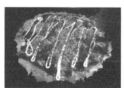

**お好み焼き**
この や
大阪燒

**もんじゃ焼き**
や
文字燒

**たこ焼き**
や
章魚燒

**冷奴**
ひややっこ
涼拌豆腐

**揚げ出し豆腐**
あ だ どうふ
炸豆腐

**枝豆**
えだまめ
毛豆

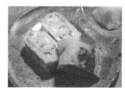

**卵焼き**
たまごや
煎蛋

おにぎり
飯團

お茶漬け
ちゃづ
茶泡飯

味噌汁
み そしる
味噌湯

とん汁
じる
豬肉蔬菜味噌湯

洋食
ようしょく
西式料理

コロッケ
可樂餅

えびフライ
炸蝦

トンカツ
炸豬排

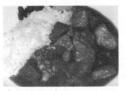

ハンバーグ
漢堡肉

カレーライス
咖哩飯

カツカレー
炸豬排咖哩飯

オムライス
蛋包飯

ミートソース
義大利肉醬麵

中華料理
ちゅうかりょうり
中華料理

チャーハン
炒飯

餃子
ギョーザ
煎餃

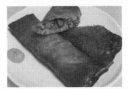

春巻き
はる ま
春捲

シュウマイ
燒賣

デザート
甜點

ショートケーキ
草莓奶油蛋糕

シュークリーム
奶油泡芙

漬物
つけもの
醃菜

梅干
うめぼし
酸梅乾

たくあん
醃蘿蔔

ふくじんづけ
什錦醬菜

らっきょう
野薤

キムチ
泡菜

のり
海苔

青のり
あお
緑紫菜

かつおぶし
柴魚片

紅しょうが
べに
紅薑絲

ごま
芝麻

ねぎ
蔥

大根おろし
だいこん
蘿蔔泥

七味（とうがらし）
しちみ
七味辣粉

わさび
山葵

からし
芥末

その他の食材
た　　しょくざい
其他食材

納豆
なっとう
納豆

豆腐
とうふ
豆腐

油揚げ
あぶらあ
豆皮

かまぼこ
魚板

こんにゃく
蒟蒻

わかめ
海帶

こんぶ
昆布

たらこ
鱈魚子

明太子
めんたいこ
明太子

## 致本書的使用者

促使我們編寫這本書的契機，是因為我們還沒有碰到一本教材，可以推薦給初學程度，且比起文法，更想學習馬上就可在街上使用的，實用日語的學習者。市面上的教材因為太過重視累積文法程度，書中的日語不是非常不自然，就是情境太過特殊，無法擴展學習內容，又或者將文法區分得太細，有難以整體性地掌握「日語」之感。因此，我們認為那些教科書，或許無法滿足在學習者的天性中，那份對日語的好奇心。

本教材的特徵如下：①書中不提文法，而是以句型與其功能為主，可以學到最自然的日語。②每個單元都由情境、功能、主題等各種要素組成，可以有效學習真正實用的表現。③文法篇另外獨立出來，因此在學習時，可一邊看對「日語」這個語言的整體解說，一邊進行實踐練習。④各課中會不斷出現各種形式的練習題，讓學習者可自然地學會日語表現。

我們總是不忘思考，如何幫助使用這本書的老師減少課程準備的負擔，並讓教學經驗比較淺的老師與義工們也可以輕鬆使用。只要照課本進度教學，就可以做各式各樣的練習，特別在擴充練習中，我們做了許多特殊的設計，讓學生能夠自發性地，做充滿創意的練習。

編寫這本書時，我們的理想是做出一本「令人想馬上用用看自己學到的句型的」、「適合成年人，實用且可以引發對知識的好奇心的」、「對日本感到更加熟悉的」教科書。而這一切都是來自這個想法——「希望有緣來到日本的外國朋友，都能快樂地享受在日本的生活。」

如果本書能讓各位日語學習者與日本之間，有更美好的邂逅的話，我們將會感到高興萬分。

　　本書自 2007 年開始編寫，在出版之前受過許多人寶貴的協助。編輯河野麻衣子小姐與插畫家平塚德明先生，他們為了在有限的時間中做出更好的教材，貢獻出了最大的努力。いいだばし日本語學院中，不斷試用教材，並給了我們許多意見的各位老師，扛下更多一般業務，在背後支持我們需耗費龐大時間的編書工作的，該校的職員們，還有，我們編寫這教材的原動力——該校從過去到現在學習者們。我們對各位表達衷心的敬意與感謝。

全體作者

## この本を使う方へ

　私たちがこのテキストを作ろうと思ったきっかけは、ビギナーレベルで、文法ではなく街ですぐに使える実践的な日本語を学びたい、という学習者に「これ！」と勧められるテキストになかなか出会えなかったからです。既存のテキストは文法の積み上げを意識しすぎて、日本語が非常に不自然だったり、場面に特化しすぎて学習内容に広がりがなかったり、また、文法が細切れに出てくるため、「日本語」を体系的にとらえるのが難しいように感じました。そのため、これでは学習者の日本語に対する自然な好奇心を満たすものになり得ないのではないか、と思っていました。

　本テキストの特徴は、①文法ではなくフレーズと機能で提示されるため自然な日本語が学べる、②場面、機能、トピックなど様々な要素からユニットを立てているため、本当に役に立つ表現を効果的に学ぶことができる、③文法編を別に作ることで、日本語とはどんな言語なのかという解説と実践練習を行き来しながら学ぶことができる、④各課に様々な形の練習が何度も出てくることで自然に表現が身につく、ということなどです。

　本テキストを使っていただく先生方にとっては、授業準備の負担が少ないように、また、比較的経験の浅い先生やボランティアの方でも使用しやすいものになるよう心がけました。テキストに沿って進めるだけでいろいろなタイプの練習が楽しめますし、特に拡張練習では、学生が自発的にクリエイティブな練習をできるようにいろいろな仕掛けがしてあります。

　作成にあたって私たちがイメージしたのは、「習ったフレーズをすぐに使ってみたくなる」「実践的かつ知的好奇心をくすぐるような大人向けの」「日本をもっと身近に感じる」テキストです。そして、その根底にあるのは、「縁あって来日した外国人の皆さんに、日本を楽しんでほしい」という想いです。
　この本を通して日本語学習者の皆さんと日本との出会いがより素敵なものになれば、心から嬉しく思います。

2007年に作成を始めてからこの本が出版されるまでに多くの方のご協力をいただきました。

　編集担当の河野麻衣子さん、イラストレーターの平塚徳明さんは限られた時間の中でよりよい教材を作り上げるため最大限の努力をしてくださいました。教材の試用を重ね、たくさんのフィードバックを下さったいいだばし日本語学院の先生方、通常業務をより多く負担することで膨大な時間のかかる執筆活動を陰ながら支えてくださった同校スタッフの皆さん、また、私たちがこの教材を作成する原動力となった過去から現在に至るまでの全ての同校の学習者たちにも、心からの敬意と感謝を伝えたいと思います。

著者一同

點選句子，會唸該句子。

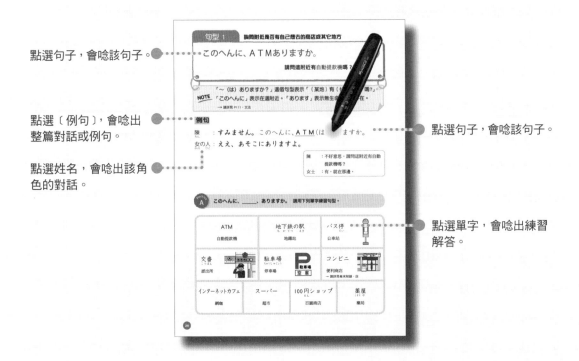

點選〔例句〕，會唸出整篇對話或例句。

點選句子，會唸該句子。

點選姓名，會唸出該角色的對話。

點選單字，會唸出練習解答。

點選 B B-1 B2 會唸出整篇對話。

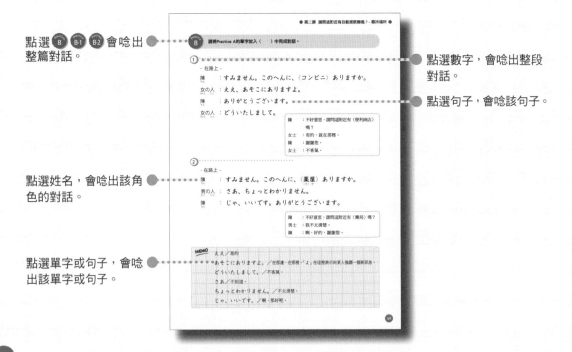

點選數字，會唸出整段對話。

點選句子，會唸該句子。

點選姓名，會唸出該角色的對話。

點選單字或句子，會唸出該單字或句子。

點選〔會話〕，會唸出整篇對話。

點選姓名，會唸出該角色的對話。

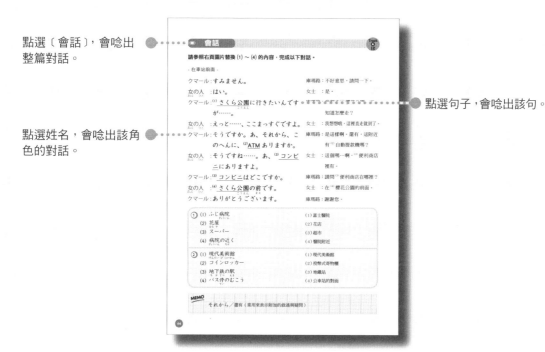

點選句子，會唸出該句。

點選問題標題，會唸出聽力問題內容。

點選選項，就會發出正確 / 錯誤的效果音。

# 目錄　　目次

**UNIT 1** **私は陳です。** 我是陳。 ……………………………………… 25
　　　わたし　ちん

　　**自己紹介** 自我介紹
　　じ こ しょうかい

　　**私は陳です。／お仕事は？／音楽が好きです。**
　　わたし ちん　　　　　し ごと　　　　おんがく　す

　　我是陳。 ／ 請問您的職業是？ ／ 我喜歡音樂。

**UNIT 2** **このへんに、ATMありますか。**

　　**請問這附近有自動提款機嗎？** ……………………………… 37

　　**場所を尋ねる** 尋找場所
　　ば しょ　たず

　　**このへんに、ATMありますか。／トイレ、どこですか。／**

　　**郵便局に行きたいんですが……。**
　　ゆうびんきょく　い

　　請問這附近有自動提款機？ ／ 請問洗手間在哪裡？ ／ 我想去郵局。

**UNIT 3** **これ、いくらですか。** 請問這個多少錢？ …………………… 49

　　**買い物** 購物
　　か　もの

　　**傘、ありますか。／これ、いくらですか。／このTシャツ、ください。／**
　　かさ

　　**もうちょっと安いの、ありませんか。**
　　　　　　　　やす

　　請問有雨傘嗎？ ／ 請問這個多少錢？ ／ 請給我這件T恤。 ／ 請問有沒有再便宜一點的？

# 本書的使用方法

## 介紹

　　本書是為幫助日語初學者，以及對日語全無了解的人掌握道地、且可即刻用於生活會話的日語而設計的。

　　因為本書的文法概念並非循序漸進，因此學習者可在閒暇時間，隨意學習 12 課（第一冊 1 課～ 6 課，第二冊 7 課～ 12 課）中的任何一個。

　　本書中的會話與真正的日常交談相同，經常會省略日語文法中的助詞，盡可能使學習者置身於道地的日語中。並附上假名拼音。

　　另外，建議學習者記住出現在對話中的句型表現，以便往後可重複使用。同時也建議不要透過分析句子的組成來學習文法。

　　本書書後的文法附錄是課文的補充部分，意在幫助學習者有系統地理解日語結構。建議學習者使用附錄的單字表來擴充練習，並演練書中的對話，除此之外，也將本書帶在身邊，作為日常會話常用單字的參考。本書課文前的彩頁中放了日本常見食物等圖片，這些圖片和會話練習一樣，在日常生活中是非常實用的。

## 課程裡有什麼

| | |
|---|---|
| 課程句型 | 句型 1-4：用注解和例句理解句型的用法。 |
| | Practice A：新單字和練習會話句型。<br>　　從 Practice A 中選出單字，完成句型並交流。練習到不用看書<br>　　就可以說出想用的單字。 |
| | Practice B：用目標句型進行的簡短會話練習。<br>　　用 Practice A 中的單字完成簡短的練習會話。 |
| 練習 | 會話：用每課的目標句型練習較長的會話。<br>聽力：做正常口語速度下的聽力練習。<br>課程複習：根據圖例，使用正確的單字和句子，以測驗是否已經學<br>　　會目標句型。<br>角色扮演：用課程中學過的表現進行角色扮演練習。<br>本課程句型：回顧課程中學過的句型及重要表現。 |
| 其它頁 | 應用練習：此頁可以幫助學習者有效進行會話練習。<br>知識拓展：為想要挑戰更高難度表現方式的學習者而設的練習。<br>熟記並運用：此頁可幫助學習者記住基礎日語單字，包括數字、動<br>　　詞、形容詞。為未來的使用做準備。<br>課外知識：此頁是介紹好用的服務、日語單字及句型。在日本生活<br>　　不再是難事。 |

# この本の使い方（先生方へ）

はじめに

　本テキストは、日本語の知識が全くない人から初級前半程度の文法を習得している学習者が、日常生活で必要なすぐに使える自然な日本語を習得できるように作られた教材です。

　本テキストは文法積み上げ式のテキストではありませんので、全部で12あるユニット（第1冊　UNIT 1〜UNIT 6、第2冊　UNIT 7〜UNIT12）のうちのどのユニットからでも学習を始めることができます。学習者の希望やレベルに合わせて使用する課をピックアップしたり、ユニットの順番を変えて使用しても問題ありません。

　UNIT 1から12まで順に学習を進めていくときには、既習ユニットの文型を取り入れながら学習を拡張していけるような練習も含まれており、効果的な学習をすることができます。

　なるべく自然な日本語に触れてもらえるように、日常的に使われている助詞の省略などはそのまま表記しました。

　フレーズや談話に出てくる表現については、ひとつずつ分解して文法的な説明を加えるのではなく、そのままフレーズとして覚えることを想定しています。そのため、教師は教えるというよりも、そのフレーズの使用場面を想定した会話練習を一緒にしたり、フレーズや語彙を覚えやすいようにサポートする役割が期待されます。

　動詞や形容詞の活用についても、そのユニット内の会話練習で必要な形だけを練習し、活用形の作り方は教えません。そのような文法的な解説は、文法編にまとめて掲載してあります。ただし、基本練習をしたい人向けに、UNIT 8とUNIT 9のあとの「熟記並運用」で、動詞と形容詞の時制・肯定形・否定形の活用練習ができるようになっています。

　文法編は、学習者が日本語の仕組みを体系的に理解できるような読み物としてあり、本文と関連しています。巻末の語彙集は、「Practice A」の代入練習や談話練習などで学習者がより幅広い語彙から練習をできるように付属させました。また、巻頭のカラー料理写真もぜひ練習に活用してください。

　本テキストをメイン教材として利用する場合には、授業内で「Practice A」の語彙の定着をはかりながら進めていくのが効果的です。また、サブテキストとして使用

する場合には、提出されている語彙だけでなく、学習者の使いたい語彙や場面を取り上げて練習を膨らませていくのがよいでしょう。

## 1ユニットの構成と授業の流れ

### ① 学習目標の確認・動機づけ

ユニット扉には、学習するフレーズの使用場面と学習目標（ゴール）が書いてあります。

まずはここを読んで、これから学習するフレーズがどんな場面で使われるものなのか、また、このユニットを学習することで何ができるようになるのか、という学習目標の確認をし、学習の動機づけを行いましょう。

### ② フレーズ導入（各ユニットに2〜4のフレーズがあります。）

「NOTE」と「例句」で、フレーズの機能と意味の確認をします。

クラスではホワイトボードなどを使って本日の学習内容としてのフレーズ提示を行うと流れをうまく作ることができます。

### ③ フレーズ練習

「Practice A」のパターン練習をします。

語彙の確認：教師が指導する場合にはどこまでを覚えさせる語彙とするのかしっかり目標を決めて語彙導入、練習を行うのが効果的です。特に教室ではできるだけカードなどで繰り返し語彙の提示を行って定着を図ってください。

代入練習：フレーズに「Practice A」の語彙を代入した文を言わせます。なるべく文字を追わずにフレーズを言わせるようにしましょう。学習者にあったスピードで、可能な場合は自然なスピードに近づけていってみましょう。

### ④ 談話練習

「Practice B」でフレーズを使った談話練習をします。

談話の意味確認：読み合わせ後、下の「MEMO」や中訳でわからない語彙を確認し、

談話の場面をしっかりと理解させてください。問題文の指示にしたがって、＜　＞に「Pratice A」の語彙などを入れ替えながら、談話練習をしてください。ここでも、なるべく文字を見ずに談話ができるよう繰り返し練習を行ってください。

　本テキストでは、UNIT 1～UNIT 7をサバイバルパート、UNIT 8～UNIT12をコミュニケーションパートと位置づけています。サバイバルパートでは日本人と外国人役がはっきりしている談話が多いので、教師と行う際には教師が店員や駅員などの日本人役を担当するようにしましょう。

⑤　総合談話練習

　「會話」でユニット内の複数のフレーズを使った談話練習をします。

　ユニット内で出てきた複数のフレーズをひとつの場面の中で使ってみる総合的な談話練習です。本文内に中訳がないので、読み合わせをして学習者の理解度を確認してから練習に入ってください。談話の理解や入れ替えを助けるために、右ページに「應用練習」がつけられていることもあります。これもできるだけ文字を追わずに談話ができるよう繰り返し練習を行ってください。また、可能な場合は学習者のオリジナルパターンを作ってみるよう促してみてください。

⑥　リスニング練習

　「聴力」で、ユニットで学習したフレーズを使った会話の聞き取り練習をします。

　各ユニットに4問出題されます。自然に近いスピードで話されているので、全てを聞き取るのではなく必要な情報のスキャンする能力を高めることを目指しています。

⑦　ロールプレイ練習

　「角色扮演」で、学習したフレーズを使って自分で会話を組み立てる練習をします。

　必ず決まった答えがあるわけではないので、ロールカードを見て、ここまでの学習内容を応用し、自分なりの会話を組み立てるように促しましょう。既にいくつかのユニットを学習済みてあれば、既習のフレーズや語彙も会話に盛り込めるように教師が学習者をリードできると、より効果的です。

⑧ 場面練習

「課程複習」では、日常場面で起こりがちな場面のイラストを見て、学習したフレーズがぱっと出てくるかを確認する練習をします。

フレーズの確認だけでなく、そこから会話を発展させたり、その場面で考えられる他の会話を考えるなど、応用練習の素材としても活用してください。

⑨ フレーズ復習・到達度チェック

「本課程句型」では、ユニットに出てきたターゲットフレーズと、談話練習で出てきた便利な表現をまとめてあるので、1ユニットの内容を簡単に振り返ることができます。

また、ユニットの最後の項目では、ユニット扉で設定した学習目標が達成できたかどうかをチェックすることができます。

⑩ その他

「熟記並運用」：最低限覚えておきたい動詞や形容詞、数字を定着させるための練習ページです。場面会話だけでなく文章作成の力もつけたい人にお勧めです。
　　　　また、このコーナーをユニット学習に入る前に学習しておくのも効果的です。

「知識拓展」：メインの学習項目に加えて、更に高度な語彙や表現に挑戦できるよう作られたページです。

「課外知識」：日本の生活の中で知っておくと便利なサービス、日本語の仕組みや運用に関する情報を紹介するコーナーです。

## 参考カリキュラム例
### ・30時間コース
　　メインユニット練習 … 約24時間：UNIT 1〜12（1ユニット2時間 x 12ユニット）
　　定着・応用練習 ……… 約6時間 ：「熟記並運用」、「學以致用」
### ・20時間コース
　　メインユニット練習 … 約14時間：UNIT 1〜7（1ユニット2時間 x 7ユニット）
　　定着・応用練習 ……… 約6時間 ：絶対に覚えておきたい表現、「熟記並運用」

## 必背單字、片語　　絶対に覚えておきたい表現

### ● 常用片語

1. すみません。*　　　　　　　　　　　　　　對不起／不好意思／謝謝

　　　　　　　　　　＊此一片語可廣泛用於對他人對話的發語詞／道歉／道謝時

2. a) はい。　b) いいえ。　　　　　　　　a) 好、是　b) 不、沒有

3. a) そうです。　b) ちがいます。　　　　a) 是的　b) 不是的

4. 英語は話せますか。　　　　　　　　　　請問您會說英語嗎？
　 えいご　はな

5. 英語が話せる人はいますか。　　　　　　請問有人會說英語嗎？
　 えいご　はな　　ひと

6. Q: わかりますか。　　　　　　　　　　Q: 請問知道嗎？

　　A: a) わかります。　b) わかりません。　A: a) 知道　b) 不知道

7. Q: わかりましたか。　　　　　　　　　Q: 請問懂了嗎？

　　A: a) わかりました。　b) わかりません。　A: a) 懂了　b) 不懂

8. 日本語はわかりません。　　　　　　　　不懂日語
　 にほんご

9. Q: 大丈夫ですか。　　　　　　　　　　Q: 請問還好嗎？
　　 だいじょうぶ

　　A: 大丈夫です。　　　　　　　　　　A: 沒問題
　　　 だいじょうぶ

10. Q: いいですか。　　　　　　　　　　Q: 請問可以…嗎？

　　A: a) どうぞ。　　　　　　　　　　A: a) 請…

　　　 b) すみません、ちょっと……。　　　 b) 抱歉，不太方便

11. もう一度いいですか。　　　　　　　　可以請您再說一次嗎？
　　 いちど

## ● 打招呼

1. おはよう（ございます）。 　　早安（較為禮貌的説法）

2. こんにちは。 　　您好

3. こんばんは。 　　晩安

4. ありがとう（ございます）。 　　（非常）謝謝您

5. いただきます。 　　我開動了（於餐前時説）

6. ごちそうさま（でした）。 　　我吃飽了（於餐後時説）

## ● 實用單字、片語

1. （お）元気ですか。＊
　　げん き
　　　　　　　　　　　　　　　　（請問）您好嗎？

　　　　　　　　　　　　　　　　＊通常不用於詢問每天會見到的人

2. 元気です。
　　げん き
　　　　　　　　　　　　　　　　我很好

3. がんばって（ください）。 　　（請）加油／祝您好運

4. どうぞ。 　　請…

5. どうも。 　　謝謝

6. すごい 　　棒的、厲害的

7. 本当
　　ほん とう
　　　　　　　　　　　　　　　　真的

8. もちろん 　　當然

## ● 數字

| 1 | 2 | 3 | 4 | 5 | 6 | 7 | 8 | 9 | 10 |
|---|---|---|---|---|---|---|---|---|---|
| いち | に | さん | よん／し | ご | ろく | なな／しち | はち | きゅう／く | じゅう |

## 範例　凡例

**關於假名、漢字的注解**

　　由於本書的設定是為幫助學習者獲得會話技巧，並不注重閱讀能力，因此課文是以假名、漢字所組成的混合形式。

　　平常多用於書面日語的單字會以漢字印刷，並用平假名註明讀音。

**登場人物**

陳

陳
ちん
台灣人，工程師

呂

呂
ろ
台灣人，陳的妻子
英語教師

庫瑪路

クマール どうりょう
印度人，陳的同事
工程師

田中

田中 どうりょう
たなか
日本人，陳的同事
行政人員

佐藤

佐藤
さとう
日本人，陳和呂的朋友
學生

鈴木

鈴木
すずき
日本人，陳和呂的朋友
家庭主婦

# UNIT 1

# 我是陳。

## 私は陳です。
わたし　　ちん

## 自我介紹
### 自己紹介
じ　こ　しょうかい

### 第一課　學習目標

— 做簡單的自我介紹

— 詢問初次見面的人的姓名和職業

— 談論興趣嗜好

## 句型 1　自我介紹

# 私は陳です。
わたし　　ちん

Track
1

我是陳。

**NOTE**「AはBです。」意思是 A ＝ B。「は」提示句子的主題或主語。「です」相當於英語的「to be」，在名詞和形容詞之後使用。日本人說話時要是主題的身分可以很明顯地從上下文看出，經常會省略部分句子，如主題或「～は」。

## 例句

陳　：私は陳です。
ちん　　わたし　　ちん

（私は）台湾人です。どうぞよろしく。
わたし　　たいわんじん

> 陳　　：我是陳。
> 　　　　我是台灣人。請多多指教。

### Practice A

私は＿＿＿＿＿です。　請用下列單字練習句型。
わたし

| 陳 ちん | | 台湾人 たいわんじん | エンジニア |
|---|---|---|---|
| 陳 | →「你的名字」 | 台灣人 → 請詳見卷末附錄，國家和地區 | 工程師 → 請詳見卷末附錄，職業 |

| 職業 | 学生 がくせい | 先生／教師 せんせい　きょうし | 会社員 かいしゃいん | 主婦 しゅふ |
|---|---|---|---|---|
| | 學生 | 老師 | 公司職員 | 家庭主婦 |

| 國籍 | 日本 にほん | インド | イギリス | オーストラリア |
|---|---|---|---|---|
| | 日本 | 印度 | 英國 | 澳洲 |

*1 國籍＋人：表示來自那個國家。
*2 用「教師」表示自己的職業，用「先生」表示對別人的尊重。
きょうし　　　　　　　　　　　　　　　　　　　　せんせい

**B-1** 請用Practice A的單字做一次簡單的自我介紹。

陳 : はじめまして。私は〈陳〉です。
〈エンジニア〉です。〈台湾〉人です。どうぞよろしく。

クマール:〈クマール〉です。〈インド〉から来ました。
こちらこそ、どうぞよろしく。

> 陳 ：初次見面，您好。我是〈陳〉。
> 　　我是〈工程師〉來自〈台灣〉，請多
> 　　多指教。
> 庫瑪路：我叫〈庫瑪路〉，來自〈印度〉，請
> 　　多多指教。

 **B-2** 請用Practice A的單字詢問對方的職業及國籍。

佐藤 : 陳さんは〈学生〉ですか。

陳 : いいえ、〈学生〉じゃありません。*〈エンジニア〉です。

\* 肯定的回答為「はい、学生です。」

> 佐藤 ：陳先生是〈學生〉嗎？
> 陳 　：不，我不是〈學生〉。我是〈工程
> 　　師〉。

**MEMO**

はじめまして。／初次見面，您好。

どうぞよろしく。／請多多指教。

〜から来ました。／來自〜。

こちらこそ／彼此彼此。

〜か。／是〜嗎？

はい／いいえ／是。／不是。

（Aは）Bじゃありません。／（A）不是B。

## 句型 2　　詢問對方的資料

# お仕事は？
しごと

Track
2

**請問**您的職業是？

**NOTE**「～は？」是簡略版的問句。當從上下文中可明顯看出是在問問題時，日本人經常省略句中的疑問詞，只說出主題。這種情況句尾要提高音調以表示這是省略過的疑問句。例：お仕事は？（♪）
しごと

## 例句

① 田中 ： **お仕事**は（なんですか）？　　陳 ： エンジニアです。
たなか　　しごと　　　　　　　　　　　　　ちん

② 田中 ： **お住まい**は（どこですか）？　陳 ： 千葉です。
たなか　　　す　　　　　　　　　　　　　ちん　　ちば

> ① 田中：請問您的職業是？　　陳：我是工程師。
> ② 田中：請問您住在？　　　　陳：千葉縣。

**A**　_____ は？　　請用下列單字練習句型。

| （お*）仕事<br>しごと<br>職業<br>→ 請詳見卷末附錄，職業 | （お）国<br>くに<br>國籍<br>→ 請詳見卷末附錄，國家和地區 | （ご*）出身<br>しゅっしん<br>出生地 |
|---|---|---|
| （お）名前<br>なまえ<br>姓名 | （お）住まい／（お）うち<br>す<br>住址 | （お）勤め／会社<br>つと　　かいしゃ<br>工作單位 |

＊在名詞前用「お」或「ご」使語意更加禮貌，常用於對別人的尊敬，不用在自己的身上。請詳見 P129，文法。

**B-1** 　　請用自己的名字和資料替換〈　　〉中的單字，以完成下列對話。

鈴木<sub>すずき</sub>：〈陳<sub>ちん</sub>〉さん、お国<sub>くに</sub>は？

陳<sub>ちん</sub>：〈台湾<sub>たいわん</sub>〉です。

鈴木<sub>すずき</sub>：お住<sub>す</sub>まいは？

陳<sub>ちん</sub>：〈千葉<sub>ちば</sub>〉です。〈鈴木<sub>すずき</sub>〉さんは？

鈴木<sub>すずき</sub>：私<sub>わたし</sub>も〈千葉<sub>ちば</sub>〉です。／私<sub>わたし</sub>は〈東京<sub>とうきょう</sub>〉です。

陳<sub>ちん</sub>：お仕事<sub>しごと</sub>は？

鈴木<sub>すずき</sub>：〈主婦<sub>しゅふ</sub>〉です。

> 鈴木　：〈陳〉先生您的國籍是？
>
> 陳　　：〈台灣〉
>
> 鈴木　：您住在哪裡？
>
> 陳　　：〈千葉縣〉，〈鈴木〉小姐呢？
>
> 鈴木　：我也住在〈千葉〉。
> 　　　　／我住在〈東京〉。
>
> 陳　　：您的職業是？
>
> 鈴木　：我是〈家庭主婦〉。

 **B-2** 　　請用Practice A的單字做簡單的自我介紹。

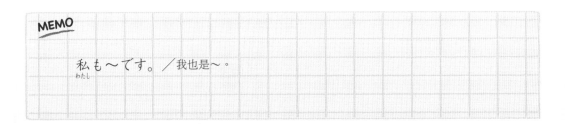

MEMO

私<sub>わたし</sub>も～です。／我也是～。

## 句型 3　　談論您的興趣、嗜好

Track
3

# 音楽が好きです。
おんがく　　　す

我喜歡音樂。

**NOTE** 「［名詞］＋が好きです」：表示「我喜歡～」請詳見文法 P96。如下方例
句所示，在口語中，經常省略提示主語的「私は～」。
わたし

## 例句

陳　　：（私は）音楽が好きです。
ちん　　わたし　おんがく　す
でも、カラオケは好きじゃありません。
但是　　　　　　　　　　　　す

> 陳　：我喜歡音樂，
> 　　　但是我不喜歡卡拉OK。

Practice
A

_____が好きです。　請用下列單字練習句型。
　　　　す

| 音楽<br>おんがく<br>音樂 | 映画<br>えいが<br>電影 | カラオケ<br><br>卡拉ok |
|---|---|---|
| アウトドア<br><br>戶外活動 | 旅行<br>りょこう<br>旅遊<br>→ 請詳見卷末附錄，興趣 | サッカー<br><br>足球<br>→ 請詳見卷末附錄，運動 |
| （お）すし<br><br>壽司<br>→ 請詳見卷末附錄，料理、菜 | ビール<br><br>啤酒<br>→ 請詳見卷末附錄，飲料 | イタリア料理<br>りょうり<br>義大利料理<br>→ 請詳見卷末附錄，料理、菜 |

請將Practice A的單字放入〈　　　〉中完成對話。

**①**

鈴木：私は〈ビール〉が好きです。呂さんは？
呂　：私も好きです。／私はあまり好きじゃありません。

> 鈴木　：我喜歡〈啤酒〉。呂小姐呢？
> 呂　　：我也喜歡。／我不怎麼喜歡。

**②**

田中：〈カラオケ〉は*好きですか。
陳　：はい、好きです。／いいえ、〈カラオケ〉はあまり……。
　　　でも〈音楽〉は好きです。
田中：そうですか。

> 田中　：您喜歡〈卡拉OK〉嗎？
> 陳　　：嗯，喜歡。／不，不怎麼喜歡〈卡拉
> 　　　　OK〉。但是我喜歡〈音樂〉。
> 田中　：是這樣啊。

---

**MEMO**

あまり／不怎麼

でも／但是

そうですか。／是這樣啊。

*「は」常用來提示主語或主題，也可以在對照和比較時使用。如上方例句所示，含有比較意義的句子以及表示負面或疑問的句子，常以「は」代替「が」。

## 會話

請用下列單字替換 (1) ～ (3) 的內容，並將自己的訊息放入 〈　　〉 中完成對話。

陳 ：はじめまして。〈陳（ちん）〉です。
　　　どうぞよろしく。

田中 ：はじめまして。〈田中（たなか）〉です。
　　　こちらこそ、どうぞよろしく
　　　お願（ねが）いします。
　　　陳（ちん）さん、(1) お国（くに）は？

陳 ：〈台湾（たいわん）〉です。

田中 ：そうですか。(2) お住（す）まいは？

陳 ：〈千葉（ちば）〉です。〈田中（たなか）さん〉は？

田中 ：私は〈中野（なかの）〉です。
　　　陳（ちん）さん、(3) 日本料理（にほんりょうり）は好（す）きですか。

陳 ：はい、〈天（てん）ぷら〉が好（す）きです。
　　　／いいえ、あまり……。

田中 ：そうですか。

陳 ：初次見面，您好。我是〈陳〉，請多多指教。

田中 ：初次見面，您好。我是〈田中〉。彼此彼此，也請多多指教。
　　　陳先生是來自哪個(1)國家？

陳 ：我來自〈台灣〉。

田中 ：是嗎，現在(2)住在哪裡呢？

陳 ：住在〈千葉〉，〈田中小姐〉呢？

田中 ：我住在〈中野〉。
　　　陳先生喜歡(3)日本料理嗎？

陳 ：嗯，我喜歡〈天婦羅〉
　　　／ 不，不怎麼喜歡。

田中 ：是這樣啊。

| ① | | |
|---|---|---|
| (1) ご出身（しゅっしん） | | (1) 出生地 |
| (2) お仕事（しごと） | | (2) 職業 |
| (3) スポーツ | | (3) 運動 |

| ② | | |
|---|---|---|
| (1) お国（くに） | | (1) 國家 |
| (2) お勤（つと）め | | (2) 工作單位 |
| (3) お酒（さけ） | | (3) 酒 |

## 聽力

兩個第一次碰面的人在談話，請聽下面兩人的對話，選擇正確答案。

**問題1**

1. 男士是英國人。
2. 男士是澳洲人。
3. 男士是印度人。

**問題3**

1. 女士不喜歡卡拉ok。
2. 男士喜歡卡拉ok。
3. 男士不喜歡卡拉ok。

**問題2**

1. 女士問男士的姓名和出生地。
2. 女士問男士的工作和居住地。
3. 女士問男士的出生地和工作。

**問題4**

1. 女士喜歡紅酒。
2. 女士不喜歡酒精。
3. 男士喜歡啤酒。

## 角色扮演

請用下列卡片進行角色扮演。

在派對

A：
假設您和 B 在朋友的聚會上初次見面，他是日本人，您向他打招呼並做簡單的自我介紹。（請用您自己的答案）

B：
假設您是一個日本人，請詢問 A 的國籍、工作單位、住址及興趣嗜好。

## 課程複習

請用本課程學過的句型完成下列①～③的情境對話。

① 
* 姓名
* 職業　　我是…。
* 國籍

② 您來自哪裡？

③ 您喜歡什麼？

## 本課程句型

### Unit Phrases

- 私は陳です。
  <ruby>私<rt>わたし</rt></ruby> <ruby>陳<rt>ちん</rt></ruby>

  我是陳。

- お仕事は？
  <ruby>仕事<rt>しごと</rt></ruby>

  請問您的職業是？

- 音楽が好きです。
  <ruby>音楽<rt>おんがく</rt></ruby> <ruby>好<rt>す</rt></ruby>

  喜歡音樂。

### Useful expressions

- ～から来ました。
  <ruby>来<rt>き</rt></ruby>

  我來自～。

- どうぞよろしく。

  請多多指教。

**Check!**

## 現在我可以～

□ 做簡單的自我介紹

□ 詢問初次見面的人的姓名和職業

□ 談論興趣嗜好

## 知識拓展

### ●談論家庭

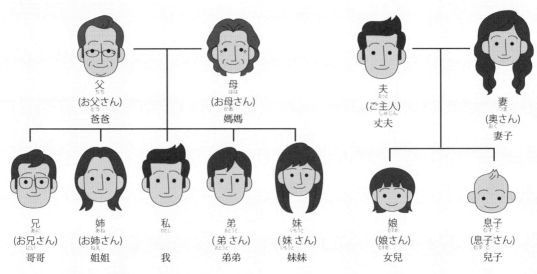

父
(ちち)
(お父さん)
(とう)
爸爸

母
(はは)
(お母さん)
(かあ)
媽媽

夫
(おっと)
(ご主人)
(しゅじん)
丈夫

妻
(つま)
(奥さん)
(おく)
妻子

兄
(あに)
(お兄さん)
(にい)
哥哥

姉
(あね)
(お姉さん)
(ねえ)
姐姐

私
(わたし)
我

弟
(おとうと)
(弟さん)
(おとうと)
弟弟

妹
(いもうと)
(妹さん)
(いもうと)
妹妹

娘
(むすめ)
(娘さん)
(むすめ)
女兒

息子
(むすこ)
(息子さん)
(むすこ)
兒子

＊（　　）中的字用於尊稱他人的家庭成員

### 讓我們來做練習吧

(1) 參考下列例子介紹你的家庭成員，他們來自哪個國家（a），他們的職業（b）及住址（c）

a. 私の*1 妻はイギリス人です。
わたし　　つま　　　　　　じん

b. 私の母は教師です。
わたし　はは　きょうし

c. 私の息子はオーストラリアに住んでいます。*2
わたし　むすこ　　　　　　　　　　す

| 算人數 | |
|---|---|
| 一個人 | ひとり |
| 二個人 | ふたり |
| 三個人 | さんにん |
| 四個人 | よにん |
| 數算三人以上時，用數字＋人 にん | |

(2) 組織一個關於兄弟姐妹及子女的對話。

Q. ご兄弟*3 ／ お子さん*4 がいますか。*5
きょうだい　　　こ

A. a. はい、＿＿＿＿＿＿＿＿ と*6 ＿＿＿＿＿＿＿＿ がいます。

b. はい、＿＿＿＿＿＿＿＿ が ［數］ います。

c. いいえ、いません。

*1 私の ＝ 我的　*2 …は［地點］に住んでいます ＝ 住在…　*3 ご兄弟 ＝您的兄弟姐妹（「兄弟」
わたし　　　　　　　　　　　　　す　　　　　　　　　　　　　　　　きょうだい　　　　　　　　　　　　きょうだい
指自己的兄弟姊妹）*4 お子さん ＝ 您的孩子（「こども」指自己的孩子）*5 …がいますか。＝ 您
有…嗎？（用於有生命的對象）→ 請詳見P111，文法　*6 A と B ＝ A 和 B

# 請問這附近有自動提款機嗎？

## このへんに、ATMありますか。

### 尋找場所
### 場所を尋ねる
ばしょ　　たず

**第二課　學習目標**

— 詢問附近是否有自己想去的商店或其它目的地

— 詢問自己要去的商店或某個地點的具體位置

— 詢問並明白簡單的指示

## 句型 1　詢問附近是否有自己想去的商店或其它地方

# このへんに、ＡＴＭありますか。

Track
9

**請問這附近有自動提款機嗎？**

**NOTE**　「～（は）ありますか？」這個句型表示「（某地）有（什麼東西）嗎？」，
「このへんに」表示在這附近。「あります」表示無生命物體的存在。

→ 請詳見 P111，文法

## 例句

陳
ちん　　：すみません。このへんに、ＡＴＭ（は）ありますか。

女の人
おんな　ひと　：ええ、あそこにありますよ。

> 陳　　　：不好意思，請問這附近有自動
> 　　　　　提款機嗎？
> 女士　：有，就在那邊。

**Practice A**　このへんに、_____、ありますか。　請用下列單字練習句型。

| ATM<br>自動提款機 | 地下鉄の駅<br>ちかてつ えき<br>地鐵站 | バス停<br>てい<br>公車站 |
|---|---|---|
| 交番<br>こうばん<br>派出所 | 駐車場<br>ちゅうしゃじょう<br>停車場 | コンビニ<br>便利商店<br>→ 請詳見卷末附錄，店 |
| インターネットカフェ<br>網咖 | スーパー<br>超市 | 100円ショップ<br>えん<br>百圓商店 | 薬屋<br>くすり や<br>藥局 |

請將Practice A的單字放入〈　　〉中完成對話。

**1**

- 在路上 -

陳 　　：すみません。このへんに、〈コンビニ〉ありますか。

女の人 ：ええ、あそこにありますよ。

陳 　　：ありがとうございます。

女の人 ：どういたしまして。

| | |
|---|---|
| 陳 | ：不好意思，請問這附近有〈便利商店〉嗎？ |
| 女士 | ：有的，就在那裡。 |
| 陳 | ：謝謝您。 |
| 女士 | ：不客氣。 |

**2**

- 在路上 -

陳 　　：すみません。このへんに、〈薬屋〉ありますか。

男の人 ：さあ、ちょっとわかりません。

陳 　　：じゃ、いいです。ありがとうございます。

| | |
|---|---|
| 陳 | ：不好意思，請問這附近有〈藥局〉嗎？ |
| 男士 | ：我不太清楚。 |
| 陳 | ：啊，好的，謝謝您。 |

---

**MEMO**

ええ／是的

あそこにありますよ。／在那邊，在那裡。「よ」在這裡表示向某人強調一個新訊息。

どういたしまして。／不客氣。

さあ／不知道。

ちょっとわかりません。／不太清楚。

じゃ、いいです。／啊，那好吧。

**句型 2** 　　詢問某物在何處

# トイレ、どこですか。

Track
10

請問洗手間在哪裡？

> **NOTE** 「どこ」表示「哪裡」，「～（は）どこですか」常用於詢問某物的所在地。

## 例句

陳　　：すみません。<u>トイレ</u>（は）どこですか。
てんいん

店員　：こちらです。

> 陳　　：不好意思，請問洗手間在哪裡？
> 店員　：在這邊。

**Practice A-1** ＿＿＿、どこですか。　請用下列單字練習句型。

| トイレ  | レジ | エレベーター |
|---|---|---|
| 洗手間／化妝室 | 收銀台 | 電梯 |
| コインロッカー  | 入り口 い　ぐち | 本屋 ほんや |
| 投幣式寄物櫃 | 入口 | 書店 → 請詳見卷末附錄，店 |

**Practice A-2** ＿＿＿です。　請用下列單字和句型「＿＿＿です。」回答上面的問題。

| ここ／こちら* | そこ／そちら* | あそこ／あちら* |
|---|---|---|
| 這裡／這邊 | 那裡／那邊 | 那裡／那邊 |

*「こちら」、「そちら」、「あちら」是比較禮貌的說法。

| １階<br>いっかい<br>一樓 | ２階<br>にかい<br>二樓 | ３階<br>さんかい<br>三樓 | ４階<br>よんかい<br>四樓 |
|---|---|---|---|

＊請詳見 P123 文法部分的數字。

**B-1** 請將Practice A-1與A-2的單字放入〈　　〉中完成對話。

陳<br>ちん ：すみません、<sup>A-1</sup>〈トイレ〉、どこですか。

店員<br>てんいん ：<sup>A-2</sup>〈あちら〉です。

陳<br>ちん ：ありがとうございます。

> 陳　　：不好意思，請問哪裡有〈洗手間〉？
> 店員　：〈在那邊〉。
> 陳　　：謝謝您。

**B-2** 請用下列對話範例詢問以下商店在幾樓。

1. 書店　　2. 百圓商店　　3. 餐廳

- 在服務台 -

| 4F | 餐廳 |
|---|---|
| 3F | 書店 |
| 2F | 百圓商店 |
| 1F | 服務台／櫃台 |

陳<br>ちん ：すみません、〈　　〉は何階ですか。<br>　　　　　　　　　　　　　　なんかい

受付<br>うけつけ ：〈　　〉でございます。

陳<br>ちん ：え？もう一度いいですか。<br>　　　　　いちど

受付<br>うけつけ ：〈　　〉です。

> 陳　　：不好意思，請問〈　　〉在幾樓？
> 服務員：在〈　　〉樓。
> 陳　　：啊，可以再說一遍嗎？
> 服務員：在〈　　〉樓。

**MEMO**

もう一度いいですか。／可以再說一遍嗎？
　　　いちど

〜は何階ですか。／〜在幾樓？
　　なんかい

## 句型 3　收集您想去的目的地的訊息

### 郵便局に行きたいんですが……。
ゆうびんきょく　　い

我想去郵局。

Track
11

**NOTE**　「～に行きたい」表示說話者「想去～」或說話者「將去～」。「～んですが」
常放在想詢問訊息的句子前，但因為從上下文可以很清楚地得知說話者的
含意，所以「～んですが」後的句子常省略。

## 例句

陳　　　：すみません。郵便局に行きたいんですが……。
ちん　　　　　　　　　　ゆうびんきょく　　い

警察官　：あの公園の左ですよ。
けいさつかん　　　　こうえん　　ひだり

> 陳　　　：不好意思，我想去郵局。
> 警察　：郵局在公園的左邊。

**Practice A-1**　_____に行きたいんですが……。　請用下列單字練習句型。
　　　　　　　　い

| 郵便局<br>ゆうびんきょく<br>郵局 | 映画館<br>えいがかん<br>電影院 | 銀行<br>ぎんこう<br>銀行 |
|---|---|---|
| 動物園<br>どうぶつえん<br>動物園 | 公園<br>こうえん<br>公園 | 病院<br>びょういん<br>醫院 | 美術館<br>びじゅつかん<br>美術館 |

**Practice A-2**　_____ですよ。　請用下列單字回答上面的問題，練習句型「～ですよ。」。

| ここまっすぐ<br>這裡直走 | あっち<br>那裡 | むこう<br>對面 |
|---|---|---|

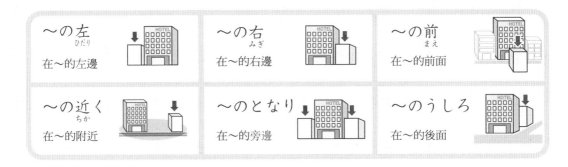

 請參照P33的地圖，按照下列對話範例，詢問1～4項的位置。

例句：ふじ病院
　　　　びょういん

1．本屋　　2．映画館　　3．さくらホテル　　4．郵便局
　　ほんや　　　えいがかん　　　　　　　　　　　ゆうびんきょく

陳　　　：すみません、〈ふじ病院〉に行きたいんですが……。
ちん　　　　　　　　　　　びょういん　い

警察官：〈ここまっすぐ〉ですよ。／〈美術館の前〉ですよ。
けいさつかん　　　　　　　　　　　　　　びじゅつかん　　まえ

陳　　　：近いですか。
ちん　　ちか

警察官：はい、近いですよ。／いいえ、ちょっと遠いですよ。
けいさつかん　　　ちか　　　　　　　　　　　　　　　　　とお

> 陳　　：不好意思，我想去〈富士醫院〉。
>
> 警察：〈這裡直走就到〉。／〈在美術館的前面〉。
>
> 陳　　：離這裡近嗎？
>
> 警察：嗯，很近。／不，有點遠。

**MEMO**

近いですか。／近嗎？
ちか

ちょっと遠いですよ。／有點遠。
　　　　とお

## 會話

**請參照右頁圖片替換 (1) ～ (4) 的內容，完成以下對話。**

- 在車站前面 -

| | |
|---|---|
| クマール：すみません。 | 庫瑪路：不好意思，請問一下。 |
| 女の人 ：はい。 | 女士 ：是。 |
| クマール：⁽¹⁾ さくら公園に行きたいんですが……。 | 庫瑪路：我想去 (1) 櫻花公園，不知道怎麼走？ |
| 女の人 ：えっと……、ここまっすぐですよ。 | 女士 ：我想想哦，這裡直走就到了。 |
| クマール：そうですか。あ、それから、このへんに、⁽²⁾ATM ありますか。 | 庫瑪路：是這樣啊。還有，這附近有 ⁽²⁾ 自動提款機嗎？ |
| 女の人 ：そうですね……。あ、⁽³⁾ コンビニにありますよ。 | 女士 ：這個嗎…啊，⁽³⁾ 便利商店裡有。 |
| クマール：⁽³⁾ コンビニはどこですか。 | 庫瑪路：請問 ⁽³⁾ 便利商店在哪裡？ |
| 女の人 ：⁽⁴⁾ さくら公園の前です。 | 女士 ：在 ⁽⁴⁾ 櫻花公園的前面。 |
| クマール：ありがとうございます。 | 庫瑪路：謝謝您。 |

**①**
| (1) ふじ病院 | (1) 富士醫院 |
|---|---|
| (2) 花屋 | (2) 花店 |
| (3) スーパー | (3) 超市 |
| (4) 病院の近く | (4) 醫院附近 |

**②**
| (1) 現代美術館 | (1) 現代美術館 |
|---|---|
| (2) コインロッカー | (2) 投幣式寄物櫃 |
| (3) 地下鉄の駅 | (3) 地鐵站 |
| (4) バス停のむこう | (4) 公車站的對面 |

**MEMO**

それから／還有（常用來表示附加的敘述與疑問）

## 應用練習

請看下圖練習左頁的對話。

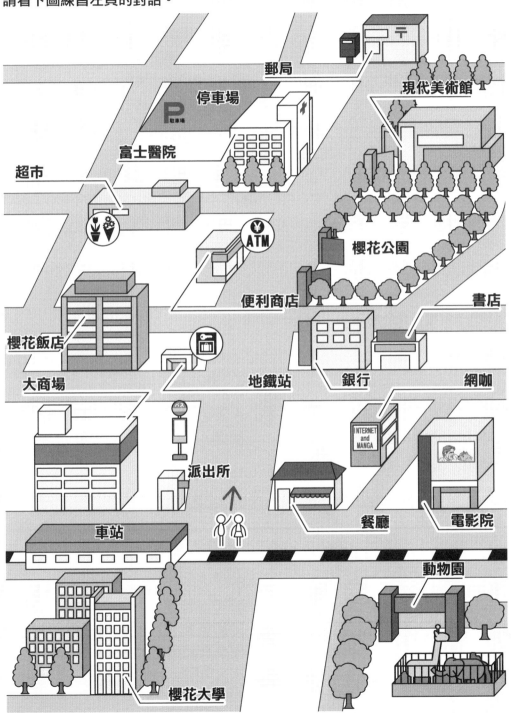

## 聽力

請聽下列男女對話選擇正確答案。

### 問題1　在街上

1. 網咖在那邊。
2. 網咖就在旁邊。
3. 直走就是網咖。

### 問題3　在百貨商場

1. 書店在三樓。
2. 書店在二樓。
3. 書店在一樓。

### 問題2　在超市

1. 顧客在找化妝室。
2. 顧客在找收銀台。
3. 顧客在找書店。

### 問題4　在街上

1. 百圓商店在便利商店的前面。
2. 百圓商店在便利商店的後面。
3. 百圓商店在便利商店的旁邊。

## 角色扮演

請用下列卡片進行角色扮演。　→請詳見P45的地圖

1.

A：
假設您想上網，剛好碰到 B，您向他詢問附近是否有網咖，具體在哪裡，是否離這裡很近。

B：
A在街上問路，您如實回答A的問題。

2.

A：
假設您在車站前想搭車去現代美術館，向身邊的B詢問哪裡有公車站，是否可以到達現代美術館。

B：
假設這是您第一次到這裡，您看見附近有公車站，但是您也不確定那裡的車是否開往現代美術館。

## 課程複習

請用本課程學過的句型完成下列①～③的情境對話。

## 本課程句型

### Unit Phrases

- このへんに、ATM ありますか。 　　請問這附近有自動提款機嗎？

- トイレ、どこですか。 　　請問化妝室在哪裡？

- 郵便局に行きたいんですが……。 　　我想去郵局。
  ゆうびんきょく　　い

### Useful expressions

- じゃ、いいです。 　　沒關係。

- もう一度いいですか。 　　可以再說一遍嗎？
  いちど

- ～は何階ですか。 　　～在幾樓？
  なんかい

- 近いですか。 　　離這裡近嗎？
  ちか

- それから、～ 　　還有～（常用來表示附加的敘述與疑問）

**Check!**

## ✓ 現在我可以…

- ☐ 詢問附近是否有自己想去的商店或其它目的地

- ☐ 詢問自己要去的商店或某個地點的具體位置

- ☐ 詢問並明白簡單的指示

# UNIT 3

# 請問這個多少錢？

## これ、いくらですか。

### 購物
### 買い物
(か もの)

**第三課　學習目標**

― 詢問商店是否有需要的東西

― 詢問自己想買的東西多少錢

― 向商店要求自己想要的東西

## 句型 1　　詢問商店是否有自己需要的東西

# かさ、ありますか。

Track 17

請問有雨傘嗎？

**NOTE** 在第二課裡我們學過「〜はありますか」是一個詢問某物是否存在某物的句型。他的意思是「您這裡有〜嗎？」→請詳見P111，文法。

## 例句

陳（ちん）　：すみません。<u>かさ</u>（は）ありますか。
店員（てんいん）　：はい、あります。こちらです。

> 陳　　：不好意思，請問有雨傘嗎？
> 店員　：嗯，有的，在這邊。

**Practice A**　　_____、ありますか。　請用下列單字練習句型。

| かさ<br>雨傘 | 英語の新聞（えいご しんぶん）<br>英語報紙 | 国際電話のカード（こくさいでん わ）<br>國際電話卡 |
| --- | --- | --- |
| 地図（ち ず）<br>地圖 | （お*）水（みず）<br>水 | （お*）酒（さけ）<br>酒 |
| 電池（でん ち）<br>電池 | たばこ<br>香菸 | 頭痛薬（ず つうやく）<br>頭痛藥 |

* 前綴詞「お」是禮貌用語，請詳見 P129，文法。

請將Practice A的單字放入〈 　 〉中完成對話。

**①**

陳　：すみません。〈かさ〉、ありますか。

店員：はい、こちらです。

陳　：ありがとうございます。

> 陳　　：不好意思，請問有〈雨傘〉嗎？
> 店員　：有，在這邊。
> 陳　　：謝謝您。

**②**

陳　：すみません。〈英語の新聞〉、ありますか。

店員：申し訳ありません。〈英語の新聞〉は、ないんです。

陳　：わかりました。

> 陳　　：不好意思，請問有〈英語報紙〉嗎？
> 店員　：很抱歉，我們這裡沒有〈英語報紙〉。
> 陳　　：我知道了。

**MEMO**

申し訳ありません。／很抱歉。(「我無可辯解」。非常有禮貌的說法)

ないんです。／表示否定・沒有之意。(「～んです」可緩和否定語氣)

## 句型 2　　詢問價錢

# これ、いくらですか。

Track
18

請問這個多少錢？

**NOTE** 「いくら」是表示多少錢的意思。「〜（は）いくらですか」表示「〜多少錢」。

## 例句

陳<br>ちん　：これ（は）いくらですか。

店員<br>てんいん：500 円です。<br>　　　　ごひゃく えん

> 陳　　　：請問這個多少錢？
> 店員　　：500日圓。

Practice A-1　_____、いくらですか。　請用下列單字練習句型。

| これ | それ | あれ |
|---|---|---|
| 這個 | 那個 | 遠處的那個 |
| 說話者　聽者 | 說話者　聽者<br>OR | 說話者　聽者 |

\* 關於指示代名詞的詳解請詳見 P110 文法部分。

**A-2** 學習從10到10000的數字（請詳見P59），請用(1)～(7)中的價錢練習句型「～円です。」。

(1) ￥55　(2) ￥99　(3) ￥270　(4) ￥360　(5) ￥890　(6) ￥1,500　(7) ￥2,700

**B** 用下圖物品的價格練習會話。

陳　：すみません。〈ノート〉、いくらですか。
ちん

店員：〈90 円〉です。
てんいん　　　　えん

> 陳　　：請問〈筆記本〉多少錢？
> 店員　：〈90日圓〉。

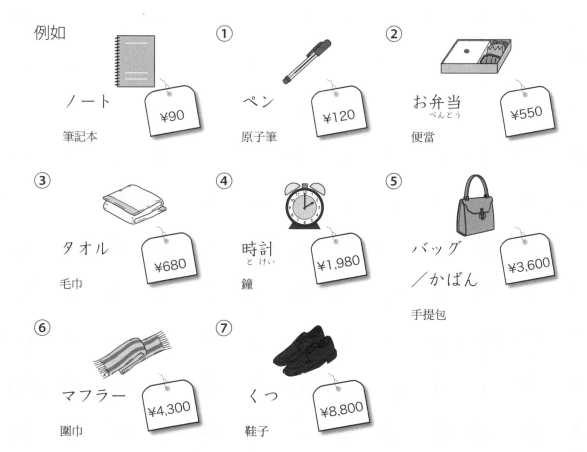

例如

ノート
筆記本
￥90

① ペン
原子筆
￥120

② お弁当
べんとう
便當
￥550

③ タオル
毛巾
￥680

④ 時計
とけい
鐘
￥1,980

⑤ バッグ
／かばん
手提包
￥3,600

⑥ マフラー
圍巾
￥4,300

⑦ くつ
鞋子
￥8,800

**句型 3**　　**購物**

## このTシャツ、ください。

Track 19

**請給我**這件T恤。

**NOTE**　「～をください」意指「請拿～給我」，常用於購買某物時。「この」用於名詞前。「これ」意指「這個」，多用於「ください」之前。

## 例句

① すみません。<u>このTシャツ</u>（を）ください。
② すみません。これ（を）<u>ふたつ</u>ください。

> ①您好，請給我這件T恤。
> ②您好，我要兩個這個。

Practice A-1　____、ください。　請用下列單字練習句型。

| このTシャツ | そのTシャツ | あのTシャツ |
|---|---|---|
| 這件T恤 | 那件T恤 | 遠處的那件T恤 |
| これ | それ | あれ |
| 這個 | 那個 | 遠處的那個 |

**A-2** これ、____ください。 **請用您所需要的物品件數練習句型。**

| ひとつ | ふたつ | みっつ | よっつ |
|---|---|---|---|
| 一個 | 兩個 | 三個 | 四個 |

\* 五個＝いつつ　六個＝むっつ　七個＝ななつ　八個＝やっつ　九個＝ここのつ
十個＝とお 以用「個」來數物體的個數。請詳見 P123，文法。

 **B** 請將Practice A-1和A-2的單字放入〈　　〉中完成對話。

陳 ：すみません。^A-1〈このTシャツ〉、^A-2〈ふたつ〉ください。

店員：はい。ありがとうございます。

陳 ：あ、それから、^A-1〈これ〉もください。

店員：かしこまりました。

陳 ：カードでお願いします。*

店員：お支払い方法は？

陳 ：一回で。

> \* 如果您或店家皆未提出其它種付款方式，則一般是現金付現。

| 陳 | ：您好，請給我〈兩件〉〈這樣的T恤〉。 |
|---|---|
| 店員 | ：好的，謝謝您。 |
| 陳 | ：啊，還有，再給我〈這一件〉。 |
| 店員 | ：好的，知道了。 |
| 陳 | ：我要刷卡。 |
| 店員 | ：請問要怎麼付款？ |
| 陳 | ：一次付清。 |

**MEMO**
それから、〜もください。／還有・再給我〜

カードでお願いします。／我要刷卡。

お支払い方法は？／請問要怎麼付款？

一回で。／一次付清。

## 句型 4　　請求

# もうちょっと安いの、ありませんか。

Track 20

**請問有沒有再便宜一點的？**

**NOTE**　「もうちょっと」表示稍微，當形容詞使用。「もうちょっと〜のありませんか」常在購物中向店家要求時使用。雖然「ありませんか」也可以用肯定形式，但用否定形式更為禮貌。

## 例句

陳　：もうちょっと<u>安い</u>の（は）ありませんか。
てんいん
店員：こちらはいかがですか。

陳　　：請問有沒有再便宜一點的？
店員　：您看看這個怎麼樣？

Practice A

**もうちょっと＿＿＿の、ありませんか。**　請用以下單字練習句型。

| 安い<br>やす<br>便宜 | 大きい<br>おお<br>大 | 小さい<br>ちい<br>小 | 軽い<br>かる<br>輕 |
|---|---|---|---|
| 長い<br>なが<br>長 | 短い<br>みじか<br>短 | 他のメーカー*<br>ほか<br>其它生產商 | 他の色*<br>ほか　いろ<br>其它顏色<br>→ 請詳見卷末附錄，顏色 |

*但「もうちょっと」與「ほかの（其它）」不可以一起使用。

**B-1** 請將Practice A的單字放入〈　　〉中完成對話。

-在商店中找東西-

陳　：すみません。これ、もうちょっと〈安い〉の、ありませんか。
ちん

店員：すみません。これだけなんです。
てんいん

陳　：そうですか。じゃあ、ちょっと考えます。
ちん　　　　　　　　　　　　　　　　　　かんが

> 陳　：您好，請問有比這個稍微〈便宜〉一
> 　　　點的嗎？
> 店員：不好意思，只有這一種。
> 陳　：是這樣啊。那，我再考慮一下吧。

 **B-2** 學習10至100,000的數字（請詳見P59）練習下列對話。

陳　：すみません。この〈自転車〉、いくらですか。
ちん　　　　　　　　　　　　じ てんしゃ

店員：〈10980〉円です。
てんいん　　　　　えん

> 陳　：請問這輛〈自行車〉多少錢？
> 店員　：〈10980〉日圓。

例如

自転車　　　① 携帯　　　　② 電子辞書　　　③ パソコン
じ てんしゃ　　　　けいたい　　　　　てん し じ しょ

自行車　　　　　　手機　　　　　　　電子辭典　　　　　　電腦

¥10,980　　　　¥26,000　　　　¥47,000　　　　¥98,000

---

**MEMO**　こちらはいかがですか。／這個怎麼樣？

これだけなんです。／只有這種。

じゃあ、ちょっと考えます。／那麼我再考慮一下。
　　　　　　　　　　かんが

## 會話

**請參考右圖用下列單字替換 (1) ～ (5) 的內容，完成以下對話。**

陳　：すみません。

　　　(1) Tシャツ、ありますか。

店員：はい、ございます。こちらです。

陳　：それはいくらですか。

店員：(2) 3900円です。

陳　：(3) もうちょっと安いの、

　　　ありませんか。

店員：(4) こちらは1980円です。

陳　：じゃあ、(5) それ、みっつください。

店員：ありがとうございます。

陳　：您好，請問有 (1) T恤嗎？

店員：有，在這邊。

陳　：這件多少錢？

店員：(2) 3900日圓。

陳　：有沒有 (3) 比這個稍微便宜
　　　一點的？

店員：(4) 這邊的是 1980 日圓。

陳　：那，請給我 (5) 這種款式的三件。

店員：好的，謝謝。

---

① (1) 水　　　　　　　　　　　　(1) 水
　 (2) 150円　　　　　　　　　　(2) 150日圓
　 (3) もうちょっと小さい　　　　(3) 稍微小一點的
　 (4) こちらは100円です　　　　(4) 這些是100日圓
　 (5) それ、ひとつ　　　　　　　(5) 那個要一個

② (1) デジカメ　　　　　　　　　(1) 數位相機
　 (2) 29800円　　　　　　　　　(2) 29800日圓
　 (3) 他の色　　　　　　　　　　(3) 其它顏色的
　 (4) 青いのと黒いのがあります　(4) 有藍色和黑色
　 (5) 黒いの　　　　　　　　　　(5) 黑色的

---

**MEMO**

ございます。／「有」的禮貌用語。

## 應用練習

**①** 請看下圖練習左頁的對話。

例如

歡迎光臨！

¥3,900　　　　¥1,980　　　　¥4,500

請給我三件
1980圓的T恤

① ¥150　　　　¥200　　　　¥100

給我小瓶的

② 白色的　　　黑色的　　　藍色的

給我一個
黑色的

**②** 數 1 ～100,000

| 1-10 | 11-20 | 10-100 | 100-1,000 | 1,000-10,000 | 10,000 -100,000 |
|------|-------|--------|-----------|--------------|-----------------|
| 1<br>いち | 11<br>じゅういち | 10<br>じゅう | 100<br>ひゃく | 1,000<br>せん | 10,000<br>いちまん |
| 2<br>に | 12<br>じゅうに | 20<br>にじゅう | 200<br>にひゃく | 2,000<br>にせん | 20,000<br>にまん |
| 3<br>さん | 13<br>じゅうさん | 30<br>さんじゅう | 300<br>さんびゃく | 3,000<br>さんぜん | 30,000<br>さんまん |
| 4<br>よん／し | 14<br>じゅうよん | 40<br>よんじゅう | 400<br>よんひゃく | 4,000<br>よんせん | 40,000<br>よんまん |
| 5<br>ご | 15<br>じゅうご | 50<br>ごじゅう | 500<br>ごひゃく | 5,000<br>ごせん | 50,000<br>ごまん |
| 6<br>ろく | 16<br>じゅうろく | 60<br>ろくじゅう | 600<br>ろっぴゃく | 6,000<br>ろくせん | 60,000<br>ろくまん |
| 7<br>なな／しち | 17<br>じゅうなな | 70<br>ななじゅう | 700<br>ななひゃく | 7,000<br>ななせん | 70,000<br>ななまん |
| 8<br>はち | 18<br>じゅうはち | 80<br>はちじゅう | 800<br>はっぴゃく | 8,000<br>はっせん | 80,000<br>はちまん |
| 9<br>きゅう／く | 19<br>じゅうきゅう | 90<br>きゅうじゅう | 900<br>きゅうひゃく | 9,000<br>きゅうせん | 90,000<br>きゅうまん |
| 10<br>じゅう | 20<br>にじゅう | 100<br>ひゃく | 1,000<br>せん | 10,000<br>いちまん | 100,000<br>じゅうまん |

## 聽力

請聽下列男女對話選擇正確答案。

**問題1　在便利商店**

Track
22

1. 沒有報紙。
2. 有香菸。
3. 沒有香菸。

**問題3　在新幹線上**

Track
24

1. 男士想要一個便當。
2. 男士想要兩個便當。
3. 男士想要三個便當。

**問題2　在販賣部**

Track
23

1. 那把雨傘400圓。
2. 那把雨傘600圓。
3. 那把雨傘800圓。

**問題4　在百貨公司**

Track
25

1. 女士想要大一點的那個。
2. 女士想要便宜一點的那個。
3. 女士想要小一點的那個。

## 角色扮演

請用下列卡片進行角色扮演。

### 1. 在電器行

**A：**
假設您現在在一家電器行。您向店員詢問是否有手機充電器，並詢問其價格，及是否有便宜一點的。

**B：**
假設您現在是電器行的櫃台。店裡分別有1000日圓和1500日圓的充電器，如果顧客詢問價格，先向其介紹比較貴的那款。

### 2. 在書店

**A：**
假設您現在在書店，想買一張東京地圖。詢問店員是否有東京地圖，價格是多少錢，是否有比較大的地圖，並要求開立發票。

**B：**
假設您在書店工作。店裡有500日圓的小地圖和800日圓的大地圖兩種，若顧客詢問，首先向其介紹比較小的那種。

## 課程複習

請用本課程學過的句型完成下列①～④的情境對話。

## 本課程句型

### Unit Phrases

● かさ、ありますか。 請問有雨傘嗎？

● これ、いくらですか。 請問這個多少錢？

● このTシャツ、ください。 請給我這件T恤。

● もうちょっと安いの、ありませんか。 請問有沒有再便宜一點的？

### Useful expressions

● ちょっと考えます。 我再考慮一下。

● お支払い方法は？ 請問要怎麼付款？
　─ 一回で。 ─ 一次付清。

● それから、これもください。 我還要這個。

Check!

## 現在我可以～

☐ 詢問商店是否有需要的東西

☐ 詢問自己想買的東西多少錢

☐ 向商店要求自己想要的東西

# UNIT 4

# 我要外帶

## 持ち帰りで。
<ruby>持<rt>も</rt></ruby>ち<ruby>帰<rt>かえ</rt></ruby>りで。

## 便利商店、餐廳
### コンビニ・レストラン

### 第四課　學習目標

— 在餐廳點餐

— 詢問菜單內容和表達自己的需求

— 和餐廳及便利商店的服務生溝通

## 句型 1　　如何在餐廳點餐

# メニュー、お願いします。
ねが

Track
26

### 請給我菜單。

**NOTE**　「[名詞]＋(を)お願いします」這個句型常用於點菜時或請求得到某物時
ねが
使用。可以在名詞後加數詞使用。→請詳見P123數字部分。

## 例句

① すみません。<u>メニュー</u>（を）お願いします。
ねが

② <u>カレー</u>（を）ひとつ、お願いします。
ねが

①不好意思，請給我菜單。
②請給我一份咖哩飯。

**A-1**　　_____、お願いします。　請用下列單字練習句型。
ねが

| | | |
|---|---|---|
| メニュー<br><br>菜單 | 注文<br>ちゅうもん<br>點餐 | おしぼり<br><br>濕毛巾 |
| 取り皿<br>と　ざら<br>盤子 | これと同じの<br>おな<br>和這個一樣的 | グラス<br><br>玻璃杯 |
| スプーン／フォーク<br><br>湯匙／叉子 | カレー<br><br>咖哩飯<br>→ 請詳見卷末附錄，料理、菜 | 生ビール<br>なま<br>生啤酒<br>→ 請詳見卷末附錄，飲料 |

**A-2** 要求A-1中提到的東西，並進一步要求以下的數量。

| ひとつ | ふたつ | みっつ | よっつ |
|---|---|---|---|
| 一個 | 兩個 | 三個 | 四個 |

＊關於四以上的數量詞請詳見P123。

**B** 請將Practice A-1和A-2的單字放入〈　　〉中完成對話。

店員<small>てんいん</small>：ご注文<small>ちゅうもん</small>、お決<small>き</small>まりですか。

陳<small>ちん</small>：はい。<sup>A-1</sup>〈カレー〉<sup>A-2</sup>〈ひとつ〉と<sup>A-1</sup>〈生<small>なま</small>ビール〉<sup>A-2</sup>〈ひとつ〉、

お願<small>ねが</small>いします。

店員<small>てんいん</small>：以上<small>いじょう</small>でよろしいですか。

陳<small>ちん</small>：はい、以上<small>いじょう</small>で。あ、あとお水<small>みず</small>もらえますか。

店員<small>てんいん</small>：かしこまりました。

| | |
|---|---|
| 店員 | ：請問可以點餐了嗎？ |
| 陳 | ：嗯，可以了，請給我〈一份〉〈咖哩飯〉和〈一杯〉〈生啤酒〉。 |
| 店員 | ：這些就可以了嗎？ |
| 陳 | ：嗯，這些就可以了。對了，能不能再給我來杯水？ |
| 店員 | ：好的。 |

**MEMO**

（ご注文<small>ちゅうもん</small>）お決<small>き</small>まりですか。／決定點什麼菜了嗎？

以上<small>いじょう</small>で。／這些就好。

あと〜／再〜

〜もらえますか。／可以給我〜嗎？

かしこまりました。／好的，明白了。

## 句型 2 　詢問自己不明白、不知道的事

# 今日のランチ、なんですか。
きょう

Track 27

今天的午餐是什麼？

**NOTE** 「なん」是「什麼」的意思。「～はなんですか」意指「～是什麼？」

## 例句

陳　　：すみません。<u>今日のランチ</u>（は）なんですか。
ちん　　　　　　　　　　　　きょう

店員　：カレーです。
てんいん

> 陳　　　：不好意思，請問今天的午餐是
> 　　　　　什麼？
> 店員　　：咖哩飯。

Practice A 　_____、なんですか。請用下列單字練習句型。

| 今日のランチ<br>きょう<br>今天的午餐 | 日替わり*<br>ひが<br>每日特餐 | おすすめ<br>推薦菜單 |
|---|---|---|
| これ<br>這個  | あれ<br>那個  | デザート<br>甜點  |
| セットのドリンク<br>套餐附的飲料  | この〈白い・黒い・赤い〉の<br>しろ　　くろ　　あか<br>這個（白色的、黑色的、紅色的）<br><br>→ 請詳見卷末附錄，顏色 | |

*「日替わり（每天改變的）」原本來自餐廳為顧客每天提供不同菜色，現在餐廳每天提供的不同特餐，如每日
ひ が
套餐及午餐也叫「日替わり」。
ひ が

**B-1**　請參考P73的菜單，並將Practice A的單字放入〈　　〉中完成對話。

陳　：〈今日のランチ〉、なんですか。
ちん　　きょう

店員：〈カレー〉です。
てんいん

> 陳　　：〈今天的午餐〉是什麼？
> 店員　：〈咖哩飯〉。

**B-2**　請參照前幾課，練習用下列對話範例詢問菜單上的菜色。

陳　：すみません。これ、なんですか。
ちん

店員：〈牛丼〉です。
てんいん　ぎゅうどん

陳　：この〈赤い〉の、なんですか。
ちん　　　あか

店員：〈しょうが〉ですよ。
てんいん

陳　：〈しょうが〉？　〈しょうが〉って、なんですか？
ちん

店員：〈Ginger〉です。
てんいん

> 陳　　：不好意思，請問這是什麼？
> 店員　：這個是〈牛肉蓋飯〉。
> 陳　　：這個〈紅色的〉是什麼？
> 店員　：這是〈しょうが〉。
> 陳　　：〈しょうが〉？〈しょうが〉是什麼
> 　　　　東西啊？
> 店員　：就是〈Ginger〉。

**MEMO**

　〜って、なんですか。／〜是什麼。（常用於詢問自己不懂的單字或事物等等）

## 句型 3　選擇並用最自然的方式解釋

# 持ち帰りで。
も　　かえ

Track 28

我要外帶。

**NOTE** 當從眾多的選項中選擇一種時用「で」，用句型「～でお願いします」
ねが
更為禮貌。

## 例句

店員　：こちらでお召し上がりですか。
てんいん　　　　　　　　め　あ

陳　　：いいえ、持ち帰りで。
ちん　　　　　　　　も　かえ

> 店員　：您在這裡用餐嗎？
> 陳　　：不，我要外帶。

Practice A　_____で。　請用下列單字練習句型。

問題：您在這裡用餐嗎？

| ここ／店内 てんない 在這／店裡 | 持ち帰り も　かえ 外帶 |

問題：請問要熱的還是冰的？

| ホット 熱的  | アイス 冰的  |

問題：請問您要多大的？

| エス／エム／エル S杯／M杯／L杯 |

問題：請問怎麼裝？

| そのまま 不用裝 | 一緒* いっしょ 裝在一起 | 別々* べつべつ 分開裝 |

＊「一緒」、「別々」也可以用在詢問顧客如何開立發票時，表示是開在一起還是分開。
いっしょ べつべつ

**Practice B-1**　練習用下列菜單點菜。

店員：いらっしゃいませ。こちらでお召し上がりですか。
てんいん　　　　　　　　　　　　　　　　　　　め　あ

陳　：はい、ここで。／いいえ、持ち帰りで。
ちん　　　　　　　　　　　　　　　も　かえ

店員：ご注文をどうぞ。
てんいん　ちゅうもん

陳　：〈チーズバーガー〉と〈コーラ〉、お願いします。
ちん　　　　　　　　　　　　　　　　　　　ねが

店員：〈コーラ〉のサイズは？
てんいん

陳　：〈エム〉で。
ちん

> 店員　：歡迎光臨！您在這裡用餐嗎？
> 陳　　：嗯，我在這裡吃。／我要外帶。
> 店員　：請點餐。
> 陳　　：請給我〈起司漢堡〉和〈可樂〉。
> 店員　：〈可樂〉要多大的？
> 陳　　：要〈中杯〉。

**～菜單～**

**漢堡類**

漢堡　　　　　　起司漢堡　　　　　　日式照燒漢堡

**飲料類**　　　　　　　　　　　　　**副餐**

可樂　　　　　　　　

冰咖啡

冰紅茶　　　　　　　　　　　　　　薯條　　　　　沙拉

 **Practice B-2**　請用Practice A的單字編對話。

> **MEMO**
> いらっしゃいませ。／歡迎光臨。
> こちらでお召し上がりですか。／您在這裡用餐嗎？
> 　　　　　め　あ
> ご注文をどうぞ。／請點菜。
> 　ちゅうもん

## 句型 4　　禮貌拒絕不需要的東西

# 袋、けっこうです。

Track
29

不需要袋子，謝謝。

**NOTE**　「けっこうです」譯為「不用，謝謝」。是一種較為禮貌的拒絕方式。

## 例句

陳　　：袋（は）けっこうです。
店員　：かしこまりました。

陳　　：不需要袋子，謝謝。
店員　：好的，明白了。

Practice
A
　____、けっこうです。　請用下列單字練習句型。

| | | | |
|---|---|---|---|
| 袋<br>ふくろ<br>袋子 | 紙袋<br>かみぶくろ<br>紙袋 | ビニール袋<br>ふくろ<br>塑膠袋 | レシート<br>發票 |
| （お）はし<br>筷子 | スプーン／フォーク<br>湯匙／叉子 | ストロー<br>吸管 | |
| ミルク<br>牛奶 | 砂糖<br>さとう<br>砂糖 | ガムシロップ<br>糖水 | |

**Practice B-1**　請用Practice A的單字放入〈　　〉中並完成對話。

店員　：〈袋〉、ご利用ですか。
てんいん　　ふくろ　　　　りょう

陳　　：いいえ、けっこうです。／はい、お願いします。
ちん　　　　　　　　　　　　　　　　　　　ねが

> 店員　：請問需要〈袋子〉嗎？
> 陳　　：不需要，謝謝。／要，請給我。

 **Practice B-2**　請看下圖告訴店員您不需要的東西。

陳　　：あ、〈　　　　　〉、けっこうです。
ちん

店員　：かしこまりました。
てんいん

> 陳　　：啊，〈　　〉不需要，謝謝。
> 店員　：好的，我明白了。

MEMO

〜、ご利用ですか。／表示詢問您是否需要某物。(有禮貌的表達方式)
りょう

## 會話

**請參照本書P73的菜單並替換 (1) ～ (4) 的內容。然後自己編一個對話。**

店員：ご注文、お決まりですか。　　　　店員：請問您可以點餐了嗎？
てんいん　ちゅうもん　き

陳　：おすすめはなんですか。　　　　　陳　：有沒有推薦的菜單呢？
ちん

店員：⁽¹⁾今日のランチです。　　　　　店員：⁽¹⁾今天的午餐不錯。
てんいん　　きょう

陳　：じゃあ、それ⁽²⁾ひとつ、お願いします。　陳　：那麼給我⁽²⁾一份這個。
ちん　　　　　　　　　　　　　　　　ねが

店員：お飲み物は？　　　　　　　　　店員：請問飲料是？
てんいん　の　もの

陳　：⁽³⁾コーラで。　　　　　　　　　陳　：⁽³⁾可樂。
ちん

店員：ご一緒にデザートはいかがですか。　店員：需要搭配甜點嗎？
てんいん　いっしょ

陳　：けっこうです。　　　　　　　　　陳　：不需要，謝謝。
ちん

- 進餐中 -

陳　：すみません。⁽⁴⁾お水もらえますか。　陳　：不好意思，可以給我來杯水嗎？
ちん　　　　　　　　みず

---

① (1) パスタランチ　　　　　　　　(1) 義大利麵午餐

　 (2) ふたつ　　　　　　　　　　　(2) 兩份

　 (3) 生ビール　　　　　　　　　　(3) 生啤酒
　　　 なま

　 (4) おしぼり　　　　　　　　　　(4) 濕毛巾

② (1) 日替わり定食　　　　　　　　(1) 每日特餐
　　　 ひ が　　ていしょく

　 (2) みっつ　　　　　　　　　　　(2) 三份

　 (3) アイスコーヒー　　　　　　　(3) 冰咖啡

　 (4) ストロー　　　　　　　　　　(4) 吸管

③ 請自己編一個對話

---

**MEMO**　ご注文お決まりですか。／您可以點菜了嗎？
　　　　　ちゅうもん　き

　　　　（お）飲み物／飲料
　　　　　　　　の　もの

　　　　ご一緒に～はいかがですか。／需要與～搭配的～嗎？
　　　　　いっしょ

## 應用練習

請看下圖練習左頁的對話。

①今日のランチ／今日午餐　②日替わり定食／每日特餐　③パスタランチ／義大利麵午餐
④ラーメン／拉麵　⑤天丼／天婦羅蓋飯　⑥ステーキ／牛排　⑦コーヒー／咖啡
⑧紅茶／紅茶　⑨アイスコーヒー／冰咖啡　⑩アイスティー／冰紅茶　⑪コーラ／可樂
⑫生ビール／生啤酒　⑬赤ワイン／紅酒　⑭白ワイン／白酒　⑮アイスクリーム／冰淇淋
⑯チーズケーキ／起司蛋糕　⑰ショートケーキ／草莓蛋糕

## 聽力

**請聽下列男女對話選擇正確答案。**

**問題1　在壽司店**

1. 服務生沒有可推薦的菜單。
2. 顧客詢問今日午餐。
3. 顧客詢問可推薦的菜單。

**問題3　服務生在居酒屋來收拾空瓶子**

1. 顧客又點了一杯生啤酒。
2. 顧客想要水。
3. 顧客要了一個盤子。

**問題2　在速食店**

1. 顧客要了奶精。
2. 顧客要了糖漿。
3. 顧客要了奶精和糖漿。

**問題4　買單**

1. 顧客一起付。
2. 顧客分開付。
3. 顧客分別拿到了發票。

## 角色扮演

**請用下列卡片進行角色扮演。**

1.

> **A：**
> 假設您是餐廳的一位顧客。現在您要向服務生要菜單點餐。

> **B：**
> 假設您是餐廳的服務生，現在請利用61頁的菜單接受A的點餐，並問他是否需要喝點什麼。

2.

> **A：**
> 假設您正在和速食店的服務生對話。要一個漢堡和一杯冰咖啡，並要求外帶。

> **B：**
> 假設您是速食店的服務生，接受A的點餐並詢問冰咖啡要不要奶精和糖，再問他要不要分開裝。

## 課程複習

請用本課程學過的句型完成下列①～④的情境對話。

## 本課程句型

### Unit Phrases

- メニュー、お願いします。
  <small>ねが</small>

  請給我菜單。

- 今日のランチ、なんですか。
  <small>きょう</small>

  請問今天的午餐是什麼？

- 持ち帰りで。
  <small>も　　かえ</small>

  我要外帶。

- 袋、けっこうです。
  <small>ふくろ</small>

  不需要袋子，謝謝。

### Useful expressions

- ～ってなんですか。

  請問～是什麼呢？（用來詢問您不懂的單字或事物等等）

- ～、ご利用ですか。
  <small>りょう</small>

  請問您需要～嗎？（有禮貌的表達方式）

- 以上で。
  <small>いじょう</small>

  以上這些就可以了。

- ～はいかがですか。

  請問您需要～嗎？

**Check!**

### 現在我可以～

- ☐ 在餐廳點餐
- ☐ 詢問菜單內容和表達自己的需求
- ☐ 和餐廳及便利商店的服務生溝通

## 知識拓展

### ● 餐廳實用表達

**1. 進入餐廳**

(1) 店員 ：何名様ですか。
　　客 ：ひとりです。（ふたり、さんにん、よにん…）

> 店員 ：請問幾位？
> 顧客 ：一個人（兩個人、三個人、四個人～）。

(2) 店員 ：おたばこは？
　　客 ：① 吸います。／喫煙席お願いします。
　　　　 ② 吸いません。／禁煙席お願いします。

> 店員 ：您抽菸嗎？
> 顧客 ：①我吸煙。／請安排吸菸區。
> 　　　 ②我不吸煙。／請安排禁煙區。

(3) 店員 ：すみません。ただいま満席です。
　　客 ：どのぐらい待ちますか。
　　店員 ：15分ぐらいです。

> 店員 ：十分抱歉，現在沒有座位了。
> 顧客 ：需要等多久？
> 店員 ：大概十五分鐘左右。

**2. 詢問菜品**

(1) 客 ：これ、肉入ってますか。
　　店員 ：はい、入ってます。／いいえ、入ってません。

> 客 ：這道菜有放肉嗎？
> 店員 ：嗯，有放。／不，沒有放。

(2) 客 ：たまねぎ抜きで、お願いします。

> 顧客 ：麻煩您一下，我的那份不要放洋蔥。

## 3. 離開餐廳

(1) 客：すみません。お会計、お願いします。
　　てんいん

店員：お会計はご一緒でよろしいですか。

客：はい、一緒で。／いいえ、別々で。

> 顧客 ：不好意思，麻煩結帳。
>
> 店員 ：請問一起算可以嗎？
>
> 顧客 ：嗯，一起付。／不，分開付。

(2) 客：ごちそうさまでした。おいしかったです。

> 顧客：謝謝招待，口味不錯。

## 課外知識

## 日本快餐店 - 重要單字 -

● **食券**　餐券
　しょっけん

　　在日本的某些餐廳，比如「立ち食いそば（站著吃的蕎麥麵店）」或「牛丼（牛肉蓋飯）」
店等餐廳需要用餐券。當顧客進入餐廳，從售票機買到代表自己想吃的菜色的餐券後，拿去
給服務生換取餐點。把錢投入售票機後，售票機上的按鍵會發亮，亮起的按鍵代表您投入的
金額可以買到的餐點。在按下發亮的按鍵，買到您想吃的東西後，請務必要按「おつり」鍵，
收回您的零錢。

● **セルフサービス**　自助服務

　　在日本，某些速食店是自助服務。顧客自己動手拿水，而大部分的餐廳會在櫃台或桌上
放調味品及佐料。當顧客用完餐後，自己收拾垃圾，用過的托盤則放在托盤收集台上。

● **並**　一般・**大盛**　大碗／**大**　大碗・**中**　中碗・**小**　小碗
　なみ　　　　おおもり　　　だい　　　　　ちゅう　　　　しょう

　　有些顧客根據自己的需要點適合自己食量的份量，特別是在牛肉蓋飯店「並」（一般）、
　　　　　　　　　　　　　　　　　　　　　　　　　　　　　　　　　なみ
「大盛」（大碗）表示份量。在麵食店會經常用「大・中・小」來形容份量的大小。如可以
おおもり　　　　　　　　　　　　　　　　　　　だい　ちゅう　しょう
這麼點餐：「牛丼、並てございます。（我想要一般份量的牛肉蓋飯。）」或者「うどんの大、
　　　　　ぎゅうどん　なみ　　　　　　　　　　　　　　　　　　　　　　　　　　だい
お願いします。（我想要大碗烏龍麵。）」
ねが

**UNIT 5 UNIT**

# 請問可以刷卡嗎？

## カードでいいですか。

### 請求許可
### 許可を得る
きょか え

#### 第五課　學習目標

一 用簡單的句子請求許可

一 確認訊息、確保文件能順利交出

## 句型 1　用名詞徵求許可

# カードでいいですか。

Track
35

請問可以刷卡嗎？

**NOTE** 「[名詞]＋でいいですか」常用來徵求許可，表示「用～可以嗎？」。

## 例句

陳<br>ちん ：すみません。<u>カード</u>でいいですか。

店員<br>てんいん ：はい、だいじょうぶですよ。

> 陳　　　：不好意思，請問可以刷卡嗎？
> 店員　　：可以，沒問題。

### Practice A

_____でいいですか。　請用下列單字練習句型。

| | | |
|---|---|---|
| カード<br><br>信用卡  | これ<br><br>這個 | 一万円（札）<br>いちまんえん　さつ<br>一萬日圓（紙鈔） |
| 英語<br>えいご<br>英語 | ローマ字<br>じ<br>羅馬字 | 今度<br>こんど<br>這次 |
| あと<br><br>以後 | 予約なし<br>よやく<br>沒有預約 | くつ<br><br>鞋子 |

**B** 請將Practice A的單字放入〈　　　〉中完成對話。*情境②請選擇最適合的單字。

**①**

陳　：すみません、〈カード〉でいいですか。

店員：ええ、いいですよ。

　　　／申し訳ありませんが、ちょっと……。

> 陳　　：不好意思，請問可以〈刷卡〉嗎？
> 店員　：可以，沒問題。
> 　　　　／不好意思，我們這裡不可以刷卡。

**②**

**1. 結帳**

店員：980円です。

陳　：すみません、〈　　　〉でいいですか。

> 店員　：980日圓。
> 陳　　：請問這裡可以〈　　　〉嗎？

**2. 填寫申請書**

店員：こちらにご記入ください。

陳　：〈　　　　　〉でいいですか。

> 店員　：請填寫在這裡。
> 陳　　：不好意思，〈　　〉可以嗎？

**3. 進入飯店**

店員：いらっしゃいませ。

陳　：すみません、〈　　　　〉でいいですか。

> 店員　：歡迎光臨。
> 陳　　：不好意思，請問〈　　〉可以嗎？

---

**MEMO**　いいですよ。／可以・沒問題。

こちらにご記入ください。／請填寫在這裡。

いらっしゃいませ。／歡迎光臨。

## 句型 2　　用動詞徵求許可

# このペン、借りてもいいですか。

　　　　　　　　　　　　　　請問可以借用一下這隻筆嗎？

**NOTE**　「[動詞＋て]もいいですか」，徵求別人許可時常用此句型。表示詢問別
人自己是否可以做某事。　→請詳見P114文法動詞部分。

## 例句

陳　　　：すみません。このペン、借りてもいいですか。

受付の人：どうぞ。

> 陳　　　：不好意思，請問可以借用一下
> 　　　　　這隻筆嗎？
> 接待員：可以，請用。

### Practice A　[動詞＋て]もいいですか。　請用下列單字練習句型。

| | | |
|---|---|---|
| 借りて<br>借用 | 見て<br>看  | 使って<br>使用 |
| 入って<br>進入 | 座って<br>坐下 | もらって<br>得到 |
| たばこを吸って<br>吸菸 | 写真を撮って<br>拍照 | 試着して<br>試穿 |

**Practice B** 請將正確的單字放入〈 　 〉中完成對話。適合的單字不只一個。

**①**

- 在寺廟裡 -

陳　：すみません。ここ、〈　　　　〉もいいですか。
ちん

係員：はい、どうぞ。
かかりいん

陳　：あと、これ、〈　　　　〉もいいですか。
ちん

係員：ええ、いいですよ。
かかりいん
　　　／すみません。それはちょっと……。

> 陳　　　：請問這裡可以〈　　〉嗎？
> 管理人員：嗯，可以的。
> 陳　　　：那這裡可以〈　　〉嗎？
> 管理人員：嗯，可以。
> 　　　　　／不好意思，這個不可以。

**②**

- 在辦公室 -

陳　：このパソコン、〈　　　　〉もいいですか。
ちん

田中：今はちょっと……。
たなか　いま

陳　：じゃ、あとで〈　　　　〉もいいですか。
ちん

田中：はい、いいですよ。
たなか

> 陳　：請問這台電腦可以〈　　〉嗎？
> 田中：不好意思，目前不可以。
> 陳　：那麼晚一點可以〈　　〉嗎？
> 田中：嗯，晚一點可以。

**MEMO**　どうぞ。／請。

　　　　あと／以後、晚點

　　　　それはちょっと……。／有點不太方便。

　　　　今はちょっと……。／現在有點困難。
　　　　いま

## 會話

Track 37

**請用下列內容完成右頁會話，並用下列單字替換 (1) ～ (5) 的內容。**

陳 ：すみません、

　　 (1) 会員になりたいんですが……。

店員：本日、身分証明書はお持ちですか。

陳 ： (2) 外国人登録証でいいですか。

店員：はい、けっこうです。

　　 それから、(3) 写真はお持ちですか。

陳 ：えっと、(4) 今度でいいですか。

店員：はい、だいじょうぶです。

　　 では、こちらにご記入ください。

陳 ： (5) このペン、借りてもいいですか。

店員：ええ、いいですよ。

陳 ：您好，

　　 (1) 我想加入會員。

店員：今天有帶身份證嗎？

陳 ： (2) 外國人登錄證可以嗎？

店員：沒問題，可以。

　　 那麼有帶 (3) 照片嗎？

陳 ：我看看，(4) 下次帶來可以嗎？

店員：好的，那麼請在這裡填寫。

陳 ：我可以 (5) 借用一下這支筆嗎？

店員：可以的。

| ① | (1) 口座を開きたい | (1) 我想開戶 |
|---|---|---|
| | (2) パスポート | (2) 護照 |
| | (3) 印鑑 | (3) 印章 |
| | (4) サイン | (4) 簽名 |
| | (5) 英語で | (5) 用英文 |

| ② | (1) プールを利用したい | (1) 想用游泳池 |
|---|---|---|
| | (2) 学生証 | (2) 學生證 |
| | (3) 水着とぼうし | (3) 泳衣和泳帽 |
| | (4) これ | (4) 這個 |
| | (5) ここに座って | (5) 請坐在這裡 |

**MEMO**

～はお持ちですか。／請問您有帶～嗎？（有禮貌的表達方式）

それから／還有

けっこうです。／可以，沒問題。→ 請詳見第二冊第八課。

## 應用練習

請在看完下列單字與情境後，以左頁為範例練習對話。

例句：在體育館或出租店申請會員

会員になりたいんですが……。
かいいん

我想加入會員…

① 開一個銀行帳戶

口座を開きたいんですが……。
こうざ　ひら

我想要開戶…

② 使用游泳池或者其它公共設施

プールを利用したいんですが……。
りよう

我想用游泳池…

## 常用到的證件：

### 1) 身分証明書／身份證明
み ぶんしょうめいしょ

● 在留カード／居留卡
ざいりゅう

● パスポート／護照

● 運転免許証／駕照
うんてんめんきょしょう

● 学生証／學生證
がくせいしょう

● 健康保険証／健保卡
けんこうほけんしょう

### 2) 住所がわかるもの／證明住址的證件
じゅうしょ

● 公共料金の請求書／公用事業費的帳單
こうきょうりょうきん　せいきゅうしょ

### 3) その他／其它
た

● 写真／照片
しゃしん

● 印鑑／印章
いんかん

## 聽力

**請聽下列男女對話選擇正確答案。**

**問題1　在餐廳**

1. 因為是禁菸區所以顧客不可以吸菸。
2. 顧客想買香菸。
3. 因為女服務生不喜歡香菸所以顧客不可以吸菸。

**問題3　在櫃台**

1. 女士説不可以用羅馬字寫。
2. 女士説可以用羅馬字寫。
3. 女士不讓男士填寫申請書。

**問題2　在藥局**

1. 男士只拿到了一本小冊子。
2. 男士可以拿小冊子或免費樣品。
3. 男士拿到一本小冊子和免費樣品。

**問題4　在計程車裡**

1. 顧客以1000日圓紙鈔支付。
2. 顧客以10000日圓紙鈔支付。
3. 顧客用信用卡支付。

## 角色扮演

**請用下列卡片進行角色扮演。**

1.

A：
假設您去了一個廣受好評的餐廳，可是到了一看人很多。您詢問服務生沒有訂位的話有沒有座位，如果沒有，您拿一張餐廳的名片和小冊子以便日後訂位用。

B：
假設您是餐廳的工作人員。現在如果沒有預約的客人就沒有座位。請向未預約的客人解釋此事。

2.

A：
假設您想成為體育館的會員。請把您的要求告訴櫃台，並詢問櫃台您因為現在沒時間，可否帶申請表回去填寫改天送回來，以及是否可以用英文填寫。

B：
假設您是體育館的工作人員，A想成為會員，請要求他填寫需要的資料。而且您同意A將申請表帶回家改天送來，及可以用英文填寫的要求。

## 課程複習

請用本課程學過的句型完成下列①～④的情境對話。

## 本課程句型

### Unit Phrases

● カードでいいですか。　　　　　　　　　請問可以刷卡嗎？

● このペン、借りてもいいですか。　　　　請問可以借用一下這隻筆嗎？
　　　　　か

### Useful expressions

● 〜たいんですが……。　　　　　　　　　想〜。

● 〜お持ちですか。　　　　　　　　　　　請問有帶〜嗎？（有禮貌的表達方式）
　　　も

Check!

## ✓ 現在我可以〜

☐ 用簡單的句子請求許可

☐ 確認訊息、確保文件順利交出

## 熟記並運用

## ● 基本動詞 8 ●

| | | | |
|---|---|---|---|
| 吃<br>たべる<br>（→たべて） | | 喝<br>のむ<br>（→のんで） | |
| 坐<br>すわる<br>（→すわって） | | 進入<br>はいる<br>（→はいって） | |
| 寫字<br>かく<br>（→かいて） | | 使用<br>つかう<br>（→つかって） | |
| 看<br>みる<br>（→みて） | | 影印<br>コピーする<br>（→コピーして） | |

請熟記以上這八個基本動詞並用句型「～てもいいですか」練習。更多動詞請詳見 P90。

### 日語動詞（辭書形、ます形、て形）

　　雖然日語動詞依時態或在句中的功能，會出現多種變化，但是主要的基本動詞形式為這三種：「辭書形」、「ます形」、「て形」。

辭書形：即我們所説的「普通形」，經常出現在非正式對話和不同的文法表現中。

ます形：常出現在正式對話中。

て形　：在第五課和第六課中出現了很多動詞「て形」，它不表示時態，但可以用它輕易做出多種文法表現。動詞依據它的變化又可以分為「五段動詞」和「上下一段動詞」，前者變化較簡單，後者在動詞中數量最多。此外還有兩個不規則動詞。

更多關於動詞變化和其它用法請詳見P112。

## ● 動詞變化表 ●

| 上下一段動詞 | 辭書形 | ます形 | て形 |
|---|---|---|---|
| 吃 | たべる | たべます | たべて |
| 看 | みる | みます | みて |
| 打開 | あける | あけます | あけて |

| 五段動詞 | 辭書形 | ます形 | て形 |
|---|---|---|---|
| 使用 | つかう | つかいます | つかって |
| 遇到 | あう | あいます | あって |
| 買 | かう | かいます | かって |
| 進入 | はいる | はいります | はいって |
| 坐 | すわる | すわります | すわって |
| 回家 | かえる | かえります | かえって |
| 喝 | のむ | のみます | のんで |
| 讀 | よむ | よみます | よんで |
| 玩 | あそぶ | あそびます | あそんで |
| 寫 | かく | かきます | かいて |

| 不規則動詞<br>（2個） | 辭書形 | ます形 | て形 |
|---|---|---|---|
| 做某事 | ～する | ～します | ～して |
| 一影印 | コピー | コピー | コピー |
| 一工作 | しごと | しごと | しごと |
| 一購物 | かいもの | かいもの | かいもの |
| 來 | くる | きます | きて |

# 請稍等

ちょっと待って<ruby>待<rt>ま</rt></ruby>ってください。

## 請求
### <ruby>依頼<rt>いらい</rt></ruby>する

### 第六課　學習目標

— 用簡單的句子表達請求

— 邀請某人做某事

— 給司機簡單的指引

## 句型 1　做出簡單請求

# ちょっと待ってください。

Track 42

請稍等。

**NOTE**　「[動詞＋て]ください」表示要求某人做某事。也可以在請求或邀請某人做某事時使用。

## 例句

① ちょっと待ってください。

② どうぞ食べてください。

① 請稍等。
② 請慢用。

**A-1**　[動詞＋て]ください。　請用下列單字練習句型。

| ちょっと待って | ちょっと来て | それを見せて | 手伝って |
|---|---|---|---|
| 請稍等 | 您過來一下 | 讓我看看 | 幫一下忙 |

**A-2**　どうぞ[動詞＋て]ください。　請用下列單字練習句型

| 食べて  | 飲んで | 座って |
|---|---|---|
| 吃 | 喝 | 坐 |
| 入って  | 使って  | 見て |
| 進入 | 使用 | 看 |

**在以下情況下，要如何使用句型「[動詞＋て]ください。」。答案可能不只一種。**

1. 您在餐廳，您還沒選好自己要點的菜，可是服務生已經在您身旁等待您點餐。
2. 您在便利商店使用影印機時遇到故障，請求工作人員的幫助。
3. 您在展示櫃中看中一隻手錶，想拿近一點看，請工作人員幫您。

 **請用Practice A-2的單字放入〈　　〉中完成對話。**

① ......................................................................

田中（たなか）：陳（ちん）さん、これ〈食（た）べて〉もいいですか。

陳（ちん）：はい、どうぞ〈食（た）べて〉ください。

> 田中　：陳先生，請問我可以〈吃〉這個嗎？
> 陳　　：嗯，可以，請〈慢用〉。

② ......................................................................

陳（ちん）：田中（たなか）さん、ここ〈座（すわ）って〉もいいですか。

田中（たなか）：ええ、どうぞ〈座（すわ）って〉ください。

> 陳　　：田中小姐，請問我可以〈坐〉在這裡嗎？
> 田中　：可以，請〈坐〉。

**MEMO**

～てもいいですか。／請問～可以嗎？ →請詳見 P82，第5課

**A-3** [動詞＋て]ください。　請用下列單字練習句型。

- 在計程車裡 -

| | | |
|---|---|---|
| 角を左に曲がって<br><small>かど　ひだり　ま</small><br>轉彎處向左轉 | 信号を右に曲がって<br><small>しんごう　みぎ　ま</small><br>在紅綠燈處向右轉 | （もうちょっと）<br>まっすぐ行って<br><small>い</small><br>（再稍微）直走 |
| そこで止めて<br><small>と</small><br>在那邊停 | (明治)通りを行って<br><small>めいじ　どお　い</small><br>去明治路 | その道をわたって<br><small>みち</small><br>穿過那條街道 |

 **B-3**　請用右邊地圖向計程車司機說明您要去的目的地。

**搭車去右圖 (1)〜(3) 的地點。用例句中的句型請司機先帶您去最近的地標處。**
**到了地標處後指示司機如何到您的最終目的地。**

運転手　：どちらまでですか。
<small>うんてんしゅ</small>

陳　　　：〈ニューホテル〉の近くまでお願いします。
<small>ちん　　　　　　　　　　　　ちか　　　　　ねが</small>

運転手　：かしこまりました。
<small>うんてんしゅ</small>

- 快到目的地 -

運転手　：このへんですか。
<small>うんてんしゅ</small>

陳　　　：もうちょっと〈まっすぐ
<small>ちん</small>

　　　　　行って〉ください。
<small>い</small>

　　　　　あ、その〈ゲストハウス〉です。

　　　　　そこで止めてください。
<small>と</small>

| | |
|---|---|
| 司機 | ：請問您去哪裡？ |
| 陳 | ：麻煩到〈新飯店〉附近。 |
| 司機 | ：好的，我明白了。 |
| -快到目的地- | |
| 司機 | ：是這裡嗎？ |
| 陳 | ：再稍微〈往前走一點〉。就是那間〈賓館〉，請在那邊停車。 |

## 地圖

**請看下圖練習左頁對話。**

例句　目的地：ゲストハウス ／ 旅店　　地標：ニューホテル ／ 新飯店

(1) 目的地：（ILS）ビル ／ ILS大廈　　地標：富士病院 ／ 富士醫院

(2) 目的地：アパート ／ 公寓　　　　　地標：さくら公園 ／ 櫻花公園

(3) 目的地：すし屋 ／ 壽司店　　　　　地標：さくら大学 ／ 櫻花大學

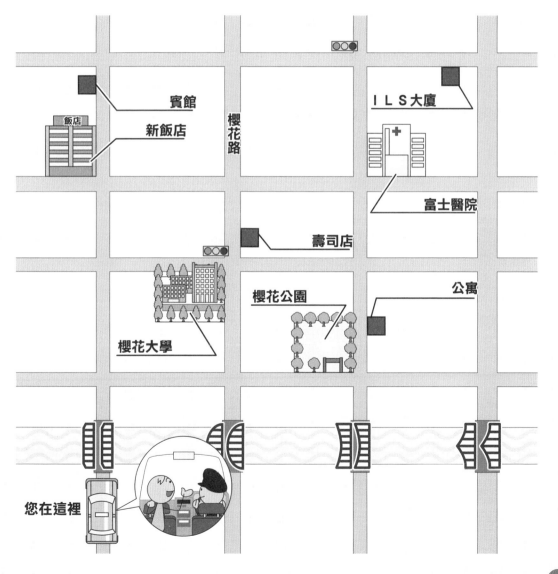

## 句型 2　　用否定問句發問更禮貌

# ゆっくり話してもらえませんか。

Track
43

**可不可以請您説慢一點？**

**NOTE**　「[動詞＋て]もらえませんか（可不可以～）」是一個更委婉禮貌的請求
句。是「もらえますか（可以～嗎？）」的否定型

## 例句

陳 : すみません。もうちょっと<u>ゆっくり話して</u>もらえませんか。

男の人 : あ、すみません。わかりました。

> 陳　　　：不好意思，可不可以請您說慢
> 　　　　一點？
> 男士　　：啊，不好意思，我明白了。

Practice
A

**[動詞＋て]もらえませんか。　請用下列單字練習句型。**

| | | |
|---|---|---|
| ゆっくり話して<br>説慢一點 | 写真を撮って<br>拍照 | 手伝って<br>幫助 |
| この漢字を読んで<br>讀這個漢字 | 地図を描いて<br>畫地圖 | お金をくずして<br>五千円<br>換零錢 |
| それを取って<br>拿一下那個 | これを貸して<br>我借這個 | 荷物を預かって<br>寄放行李 |

**Practice B** 　請在下列情形下請求幫助。

1. 您想使用投幣式寄物櫃，但是您沒有硬幣。
2. 您有一幅地圖，但是是日語版的，有些漢字看不懂，但您想知道究竟是什麼意思。
3. 您退房後想去一些旅遊景點，您想讓飯店工作人員幫您看管一下您的行李。
4. 您一個人在逛寺廟，想找個人幫您拍照。
5. 您在便利商店想借用化妝室。

### 小專欄

　　在日語中，提出請求時，有許多不同程度的禮貌表達。除了一般的「[ 動詞＋て ]ください」之外，還有用在疑問句中的「もらえる」的肯定形與否定形：「[ 動詞＋て ]もらえますか」和「[ 動詞＋て ]もらえませんか」。「いただく」是「もらえる」的尊敬語。「[ 動詞＋て ]いただけますか」與「[ 動詞＋て ]いただけませんか」皆經常出現在對話中。只要修改「て形」之後的單字，就可簡單地做出有禮貌的要求。要使用哪一個，則依情況與要求的難度決定。

|  | いただけませんか |
| --- | --- |
|  | いただけますか |
| 動詞て型　＋ | もらえませんか |
|  | もらえますか |
|  | ください |

從下到上禮貌程度逐漸遞增

## 會話

**請用下列單字替換 (1) ～ (3) 的內容，完成以下對話。**

-居酒屋有一場宴會，田中小姐遲到了-

陳　：あ、田中さん。
　　　どうぞ (1) 座ってください。

田中：ありがとうございます。

陳　：どうぞ (2) 飲んでください

田中：あ、どうも。

陳　：おはし、取りましょうか。

田中：あります。だいじょうぶです。

- 過了一會兒 -

陳　：すみません、田中さん。
　　　(3) 塩、取ってもらえませんか。

田中：はい、どうぞ。

陳　：啊，田中小姐。
　　　請 (1) 坐到這裡來。

田中：謝謝。

陳　：(2) 來喝一杯吧。

田中：啊，謝謝。

陳　：我幫妳拿筷子吧。

田中：我有了，不用了。

陳　：不好意思，田中小姐，
　　　能不能幫我拿一下 (3) 鹽？

田中：好的，請用。

---

① (1) 入って
　 (2) 食べて
　 (3) しょうゆ

(1) 進來
(2) 吃
(3) 醬油

---

② (1) こっちに来て
　 (2) この (お) 皿、使って
　 (3) さしみ

(1) 來這邊
(2) 請用這個盤子
(3) 生魚片

---

**MEMO**

どうも。／謝謝。

（お）はし、取りましょうか。／我來幫您拿筷子吧。

塩／鹽

しょうゆ／醬油

## 聽力

請下列男女對話選擇正確答案。

**問題1　在飯店櫃台**

1. 女士借了一把傘。
2. 女士借出一把傘。
3. 女士買了一把傘。

**問題3　在計程車裡**

1. 客人要求司機在紅綠燈處向左轉。
2. 客人要求司機向右轉。
3. 客人要求司機直行。

**問題2　在居酒屋**

1. 客人已經點了菜。
2. 客人還沒準備離開。
3. 客人還沒想好點什麼。

**問題4　在朋友家的聚會上**

1. 男士想拿食物。
2. 男士想要一個空杯子。
3. 男士想要一個乾淨的盤子。

## 角色扮演

請用下列卡片進行角色扮演。

1.

**A：**
假設一個日本朋友來到您家，您邀請他進來，並請他坐下後給他一杯茶水。

**B：**
假設您來到A家並給他帶了一盒巧克力，送給他並請他品嘗，如果A請您吃東西，您接受並感謝他。

2.

**A：**
假設您在服務中心請求工作人員給您看看巴士時刻表，然後請他們幫您影印您需要的頁數。

**B：**
假設您是服務中心的工作人員，答應A的請求並幫助他。

## 課程複習

請用本課程學過的句型完成下列①～③的情境對話。

您可以…？

請向…。

您可以…？

## 本課程句型

### Unit Phrases

- ちょっと待ってください。　　　　請稍等。
- ゆっくり話してもらえませんか。　　可不可以請您說慢一點？

### Useful expressions

- どうぞ、食べてください。　　　　請用餐。
- どうも　　　　　　　　　　　　　謝謝
- 〜までお願いします。　　　　　　麻煩到〜。
　　　　　　　　　　　　　　　　　（用於向計程車司機說明目的方向時）

**Check!**

## 現在我可以…

- ☐ 用簡單的句子表達請求
- ☐ 邀請某人做某事
- ☐ 給司機簡單的指引

## 課外知識

### 顧客服務

　　在日本購買禮物時，某些商店會按顧客要求免費提供禮物包裝，但是有些禮物盒及特別的包裝會收取一定的費用，所以必須問清楚是否需要付費。

　　商店也會根據顧客需求提供各種袋子裝不同商品。而超市、高級商場及家具店和電器行有時會提供運送服務，運送費根據距離遠近決定，如果離得比較近可能就會免費，所以做任何協議前必須和店主確認好。

### ●實用句型

### 1. 請求禮物包裝

(1) すみません、ラッピングしてもらえますか。

　　請問是否可以幫我包裝一下呢？

(2) 無料ですか。有料ですか。
　　むりょう　　ゆうりょう
　　是免費的還是收費的？

　　＊無料：免費　／　有料：收費
　　　むりょう　　　　ゆうりょう

### 2. 請求運送

(1) すみません、これ、配達してもらえませんか。
　　　　　　　　　　　　はいたつ
　　請問可以送貨到家嗎？

(2) ～まで、いくらかかりますか。

　　送到～需要多少錢？

> ### 您必須提供的訊息
>
> 住所／地址
> じゅうしょ
> 名前／姓名
> なまえ
> 電話番号／電話號碼
> でんわ ばんごう
> 配達日時／送達日期時間
> はいたつにちじ

- 文法
- 聽力解答及CD原文
- 動詞變化一覽表
- 形容詞變化一覽表
- 國家和地區
- 常用單字一覽表

# 文法 文法

## Ｉ 句子結構

### １. 基本句型

概括地說，日語句型可以分為以下三種。

| | | |
|---|---|---|
| 私は日本人です。 | 我是個日本人。 | ［名詞句］ |
| メアリーさんは忙しいです。 | 瑪麗很忙。 | ［形容詞句］ |
| 田中さんはラーメンを食べます。 | 田中吃拉麵。 | ［動詞句］ |

「です」和英語中的「to be」有類似的功能，接在名詞句和形容詞句句尾。動詞句以［- ます］結尾。

「は」是助詞，表示主題和主語。（助詞「が」和「も」也可以表示主語 → 請詳見 P105）

### ２. 否定句

否定句是通過改變句子結尾的述語而成。因為這種文法結構，日語的句子必須聽到最後才能知道它是否定還是肯定。

| | | |
|---|---|---|
| 私は日本人<u>じゃありません</u>。 | 我不是日本人。 | ［名詞否定句］ |
| メアリーさんは忙<u>くないです</u>。 | 瑪麗不忙。 | ［形容詞否定句］ |
| 田中さんはラーメンを食べ<u>ません</u>。 | 田中不吃拉麵。 | ［動詞否定句］ |

關於用其它詞類造否定句的更多細節，請參考各課。

### ３. 疑問句

在敘述句後面接「か」即成疑問句。

| | |
|---|---|
| メアリーさんは忙しいです<u>か</u>。 | 瑪麗忙嗎？ |
| 田中さんはラーメンを食べます<u>か</u>。 | 田中吃拉麵嗎？ |

→ 關於疑問詞和帶特殊疑問詞（誰、什麼、什麼時候、在哪、為什麼、多少）的疑問句，請詳見 P124。

# II 助詞

　　在日語中組織較長句子時，通常會在主語和述語之間插入各種資訊。用文法中的「助詞」就能簡單完成這件事。

　　日語助詞類似於英語中的介詞，像「in」和「at」。如下面例句所示，英語中的介詞用於它所修飾的名詞、子句或片語之前。而日語中的助詞則接在子句或片語之後。

彼の部屋で晩ごはんを食べました。　　　　在他房間吃了飯。

毎朝6時に起きます。　　　　　　　　　　每天早晨六點起床。

　　雖然助詞本身沒有任何含義，但在句子的構成上有重要的作用。

　　例如，英語中沒有助詞，因而依靠句子中的詞序變化。改變英語句子中詞的順序將產生完全不同的意思。

I gave her my dog. ≠ *I gave my dog her.
（我把我的狗給她。≠ *我把她給我的狗。）

　　然而在日語句子中最重要的不是詞序，而是由助詞和它所修飾的名詞、子句或片語所組成的信息組合。

私は彼女に犬をあげた。＝ 私は犬を彼女にあげた。
（我給她我的狗。＝我把狗給她。）

　　即使句子中詞的順序不一樣，只要助詞不變，這個句子的意思就不會改變。

　　在日語中有各種類型的助詞。看一下下面不同助詞和他們的功能。

## 1）は

### 【主語】

私はタイ人です。 我是泰國人。
わたし　　じん

これは500円です。 這個 500 日圓。
えん

### 【主題】

昨日は居酒屋に行きました。 昨天我去了居酒屋。
きのう　いざかや　い

夏休みは何をしましたか。 你暑假做了什麼？
なつやす　　なに

### 【對比】

すしは好きですが、刺身は嫌いです。 我喜歡壽司，但我不喜歡生魚片。
す　　　　さしみ　きら

## 2）を

### 【賓語】

新聞を読みます。 我看報紙。
しんぶん　よ

コーヒーを飲みます。 我喝咖啡。
の

## 3）に

### 【賓語】

友達に会います。 我要去見朋友。
ともだち　あ

父にネクタイをあげます。 我要送父親領帶。
ちち

バスに乗ります。 我要坐巴士。
の

### 【目的地】

中国に行きます。 我要去中國。
ちゅうごく　い

日本に来ます。 我要來日本。
にほん　き

うちに帰ります。 我要回家。
かえ

　　＊助詞「へ」可表示一個大概的方向和目的地，和「に」可互換。

### 【時間】

7時に起きます。 我七點起床。
じ　お

11時に寝ます。 我十一點睡覺。
じ　ね

3時に戻ります。 我三點回去。
じ　もど

## 【地點】

弟の部屋にテレビがあります。　　　　　　我弟弟房間有一台電視。

うちに猫がいます。　　　　　　　　　　　　家裡有隻貓。

# 4）で

## 【動作的地點】

レストランで晩ごはんを食べます。　　　　我在餐館吃晚飯。

## 【方式】

バスで行きます。　　　　　　　　　　　　我坐巴士去。

箸で食べます。　　　　　　　　　　　　　我用筷子吃飯。

## 【選擇】

-服務員：您想要麵包還是米飯？-

パンでお願いします。　　　　　　　　　　我要麵包。

# 5）の

## 【占有】

私の車　　　　　　　　　　　　　　　　　我的汽車

友達の本　　　　　　　　　　　　　　　　朋友的書

## 【所屬】

A社の社員　　　　　　　　　　　　　　　A公司的職員

A大学の学生　　　　　　　　　　　　　　A大學的學生

## 【屬性（類型／本質）】

日本語の先生　　　　　　　　　　　　　　日語老師

いちごのシャーベット　　　　　　　　　　草莓雪酪

## 【同位語】

友達の洋子さん　　　　　　　　　　　　　我朋友洋子

夫のトム　　　　　　　　　　　　　　　　我丈夫湯姆

【代名詞】

赤いの （あか）　　　　　　　　　　　　　　紅的

熱いの （あつ）　　　　　　　　　　　　　　熱的


## 6）と

【動作共同者】

友達と映画を見ました。（ともだち・えいが・み）　　我和朋友看了電影。

えりさんと結婚しました。（けっこん）　　　　　　　我和繪里結婚了。

社長と話します。（しゃちょう・はな）　　　　　　　我要和總經理談話。

【並列單字】

パンと卵 （たまご）　　　　　　　　　　　　麵包和雞蛋


## 7）も

【相同／一致】

これもお願いします。（ねが）　　　　　　　　我也要這個。

私も映画が好きです。（わたし・えいが・す）　　我也喜歡看電影。

【強調】

ワインを５本も飲みました。（ほん・の）　　　我喝了五瓶紅酒。


## 8）から

【一段時間或距離的起點】

うちから学校まで30分かかります。（がっこう・ぶん）　　從我家到學校要花三十分鐘。


## 9）まで

【一段時間或距離的終點】

９時から11時まで勉強します。（じ・じ・べんきょう）　　我從九點學到十一點。

## 10）が

雖然「が」本來是接在句子主語後，但它有時可以發揮和其它助詞一樣的作用。這使得「が」使用起來容易混淆，所以試著記住以下五種句型。

### 【用特殊疑問詞的疑問句中的主語】

| | |
|---|---|
| だれが来ますか？ | 誰要來？ |
| いつがいいですか？ | 什麼時候合適？ |

### 【表示所有或所在地的句子中的主語】

| | |
|---|---|
| うちにパソコンがあります。 | 我家有台電腦。 |
| トイレに猫がいます。 | 化妝室裡有隻貓。 |

### 【修飾名詞片語的子句中的主語】

| | |
|---|---|
| これはベートーベンが作った曲です。 | 這是貝多芬的曲子。 |

### 【賓語】 → 請詳見 P30

（1）好き、嫌い、上手、下手（喜歡、討厭、擅長、不擅長）

| | |
|---|---|
| サッカーが好きです。 | 我喜歡足球。 |

（2）分かる、できる、見える、聞こえる（明白、能、看得見、聽得見）

| | |
|---|---|
| ここから富士山を見ることができます。 | 在這可以看到富士山。 |

（3）ほしい、したい（想要、想做）

| | |
|---|---|
| 新しいテレビがほしいです。 | 我想要台新電視機。 |
| 日本語が勉強したいです。 | 我想學日語。 |

### 【主語某一部分的樣貌】

| | |
|---|---|
| 妹は髪が長い。 | 我妹妹頭髮很長。 |
| 日本は犯罪が少ない。 | 日本犯罪少。 |

# III　指示詞

　　日語中有四種類型的指示詞，分別以「こ-」「そ-」「あ-」「ど-」開頭。

→請詳見 P40，P52

　　下表為它們的用法。

【表1】

| 指示詞<br><br>S=說話者<br>L=聽者 | 「こ-」<br><br>靠近說話者 | 「そ-」<br><br>比「こ-」遠或者更靠近聽者 | 「あ-」<br><br>比「そ-」遠或離說話者和聽者都很遠 | 「ど-」<br><br>哪個、什麼、哪裡 |
|---|---|---|---|---|
| | | | | |
| 事物 | これ | それ | あれ | どれ |
| | この［＋名詞］ | その［＋名詞］ | あの［＋名詞］ | どの［＋名詞］ |
| 地點 | ここ | そこ | あそこ | どこ |
| 方向 | こっち | そっち | あっち | どっち |
| （禮貌用語） | （こちら） | （そちら） | （あちら） | （どちら） |
| 區域 | このへん | そのへん | あのへん | どのへん |

# Ⅳ 存在句和所有句

存在句中有一個片語用來描述名詞存在的地點或時間。當存在句中的主語是生物時（有活動能力），使用動詞「います／いる」，如果是非生物則用「あります／ある」。→ 見 P36，P38，P50

公園に子供が<u>います</u>。　　　　　　　　公園裡有個小孩。
こうえん　こども

駅前にタクシーが<u>います</u>。　　　　　　車站前有輛計程車。
えきまえ

うちの前にコンビニが<u>あります</u>。　　　我家門前有便利商店。
　　　まえ

庭に木が<u>あります</u>。　　　　　　　　　院子裡有棵樹。
にわ　き

雖然計程車沒有生命，但車內的司機有活動能力，所以計程車被認為是生物。同樣的，雖然樹有生命，但它不能自己活動，所以樹被認為是非生物。

「います」和「あります」也可以表示擁有或有某種安排，這是它們原本的存在含義中衍生出的用法。

-在商店-　かさ、<u>あります</u>か。　　　　有傘嗎？

明日会議が<u>あります</u>。　　　　　　　　明天有個會議。
あした かい ぎ

私は妹 がふたり<u>います</u>。　　　　　　　我有兩個妹妹。
わたし いもうと

子供のころ、うちに犬が<u>いました</u>。　　我小的時候家裡有條狗。
こ ども　　　　いぬ

雖然存在句中的主語主要用「が」表示，也有一些情況下用「は」表示。

→ 見 P106

## V 動詞

在日語中動詞提供大量的信息，包括肯定、否定，時態和禮貌。概括來說，日語動詞可分為禮貌形和普通形，日語時態是過去或者非過去（用於現在和未來的動作）。→ 請詳見第二冊第八課。

雖然一些動詞變化不規則，但大多數還是遵循同樣的基本規則。

### 1. 基本的動詞變化和功能

禮貌形以〔ます〕結尾。這種變化被稱為ます形（禮貌形）。

【表2】

| ます形 | | 肯定 | 否定 |
|---|---|---|---|
| 行<ruby>行<rt>い</rt></ruby>きます | 非過去 | 行きます | 行きません |
| 去 | 過去 | 行きました | 行きませんでした |

在辭典中查找一個動詞時，你需要用它的辭書形（普通形）。

【表3】

| 辭書形 | | 肯定 | 否定 |
|---|---|---|---|
| 食べる<br>吃 | 非過去 | 食べる<br>（辭書形） | 食べない<br>（ない形） |
| | 過去 | 食べた<br>（た形） | 食べなかった |

在一些文章中，動詞的ます形和辭書形並不是表示時態或禮貌，而是與文法表現有關。

下面讓我們看一下動詞飲む（喝）的ます形和辭書形可以組成什麼類型的句子。

1）ます形

| 飲みます |
| の |

＋たいです（願望）

　なにか飲みたいです。　　　　　　　　我想喝點東西。
　　　の

＋に行きます（動作的目的）
　　　い

　飲みに行きます。　　　　　　　　　　去喝酒。
　の　　い

2）辭書形

| 飲む |
| の |

＋のが好きです（動詞名詞化）
　　　　す

　ビールを飲むのが好きです。　　　　　我喜歡喝啤酒。
　　　　　の　　　す

＋ことができます（動詞名詞化）

　日本酒を飲むことができます。　　　　我能喝日本酒。
　にほんしゅ　の

附加的變化包括ない形、た形、て形。

下面讓我們看一下動詞「書く」（寫）的不同形態可以組成什麼類型的句子。
　　　　　　　　　　　　　か

3）ない形

| 書かない |
| か |

＋ないでください（否定請求）

　ここに書かないでください。　　　　　請不要寫在這裡。
　　　　か

＋ないといけません（義務）

　住所も書かないといけません。　　　　必須寫地址。
　じゅうしょ　か

4）た形　→ 請詳見第二冊第十二課。

書いた
（か）

＋ことがあります（經驗）

　　ファンレターを書いたことがあります。　我曾寫過粉絲信。

＋ほうがいいです（建議）

　　日本語で書いたほうがいいです。　　　　最好用日語寫。
　　（にほんご）（か）

て形被認為是動詞最基本和最重要的變化。

5）て形　→ 請詳見第五課，第六課

書いて
（か）

　て形（對親近的人的請求）

　　ここに名前を書いて。　　　　　　　　在這寫上名字。
　　　　（なまえ）（か）

　て形（動詞接續）

　　手紙を書いて、寝た。　　　　　　　　我寫完信就睡了。
　　（てがみ）（か）（ね）

＋ください（要求）

　　ここに名前を書いてください。　　　　請在這寫上您的名字。
　　　　（なまえ）（か）

＋います（進行中的動作）

　　今手紙を書いています。　　　　　　　我正在寫信。
　　（いまてがみ）（か）

＋もいいですか（請求允許）

　　ボールペンで書いてもいいですか。　　我能用原子筆寫嗎？
　　　　　　　（か）

## 2 . 怎樣變換動詞

　　現在我們來看一下每一種動詞變化。如前面所述，雖然有例外存在，但除了動詞「する」（做）和「来る」（來）以外，大部分動詞的變化都遵循同樣的規則。

### 1）上下一段動詞

　　以〔る〕結尾且〔る〕前面最後的母音是〔i〕或〔e〕的動詞。

　　例如：食べる（吃）、見る（看）、見せる（展示）、開ける（打開）

　　例外：帰る（回家，回去）、入る（進入）、走る（跑）、知る（知道）
　　　　　 → 五段動詞

### 2）五段動詞

　　以〔る〕以外的音結尾的動詞，如〔う〕或〔つ〕。

　　以〔る〕結尾且〔る〕前面最後的母音是〔a〕、〔u〕或〔o〕的動詞。

　　例如：行く（去）、持つ（持有）、飛ぶ（飛）、さわる（接觸）、売る（賣），
　　　　　 乗る（乘）

### 3）不規則動詞

　　兩個動詞：「する」（做）和「来る」（來）。

　　用上述規則並且知道一些例外，就能把所有動詞劃分到上面三個類別之中。

　　雖然五段動詞變化最為簡單，但大部分動詞是上下一段動詞。

## 怎樣變為辭書形

**1）上下一段動詞**

原來是ます形，用〔る〕代替〔ます〕

-ます　→　-る

食べます　→　食べる　　　　　見ます　→　見る
た　　　　　　　た　　　　　　　　　み　　　　　　み

**2）五段動詞**

原來是ます形，去掉〔ます〕並把最後的〔い〕段替換為〔う〕段。

書きます　→　書く　　　　　飲みます　→　飲む
か　　　　　　か　　　　　　　　の　　　　　　の

注意〔さ〕行和〔た〕行動詞變化時的讀音變化。

話します　→　話す　　　　　持ちます　→　持つ
はな　　　　　はな　　　　　　　も　　　　　　　も

**3）不規則動詞**

します　→　する　　　　　来ます　→　来る
　　　　　　　　　　　　　き　　　　　　く

## 怎樣變為ない形

1）五段動詞

原來是ます形，用〔ない〕代替〔ます〕

-ます　→　-ない

食べます　→　食べない　　　　見ます　→　見ない
た　　　　　　　た　　　　　　　　み　　　　　　　み

2）上下一段動詞

原來是ます形，去掉〔ます〕並把最後的〔i〕替換為〔aない〕。

-iます　→　-aない

書きます　→　書かない　　　　飲みます　→　飲まない
か　　　　　　　か　　　　　　　　の　　　　　　　の

然而，如果一個動詞的辭書形中最後一個〔u〕之前有另一個母音，在ない形中把〔う〕變為〔わ〕。

買う　→　買わない　　　　　言う　→　言わない
か　　　　　か　　　　　　　い　　　　　い

3）不規則動詞

します　→　しない　　　　来ます　→　来ない
　　　　　　　　　　　　　き　　　　　こ

## 怎樣變為て形

### 1）上下一段動詞

原來是ます形，用〔て〕代替〔ます〕

-ます → -て

食べます → 食べて 　　　　　見ます → 見て
た　　　　　　た　　　　　　　　　　み　　　　　み

### 2）五段動詞

雖然五段動詞的て形變化有一些複雜，卻遵循一定的規則。把每個動詞的ます形中的〔ます〕去掉後，剩下的最後一個音決定怎樣變化。

(1) -い , -ち , -り → -って

買います → 買って 　　　　持ちます → 持って
か　　　　　か　　　　　　　　も　　　　　　も
帰ります → 帰って
かえ　　　　　かえ

(2) -み , -び , -に → -んで

飲みます → 飲んで 　　　　遊びます → 遊んで
の　　　　　の　　　　　　　　あそ　　　　　あそ
死にます → 死んで
し　　　　　し

(3) -き , -ぎ → -いて , -いで

書きます → 書いて 　　　　泳ぎます → 泳いで
か　　　　　か　　　　　　　　およ　　　　　およ
*例外：行きます → 行って
い　　　　　い

(4) -し → -して

話します → 話して
はな　　　　　はな

### 3）不規則動詞

します → して 　　　　　来ます → 来て
　　　　　　　　　　　　　き　　　　　き
*た形變化和て形完全相同。

# VI 形容詞

　　像日語動詞一樣，日語中的形容詞傳達關鍵訊息的地方也在詞尾，例如否定和時態。日語中有兩種形容詞存在，形容詞和形容動詞，它們各自有不同的變化形式。

　　當把一個形容詞放在一個名詞前組成一個名詞片語時，如果形容詞以〔い〕結尾稱為形容詞，如果以〔な〕結尾則稱為形容動詞。→ 見第二冊第九課，第十課，第十一課

【表4】

| 形容詞 | 形容動詞 |
|---|---|
| 広い部屋 （一個寬敞的房間）<br>ひろ　　へや | 静かな部屋 （一個安靜的房間）<br>しず　　へや |
| 古い部屋 （一個舊房間）<br>ふる　　へや | きれいな部屋 （一個乾淨的房間）<br>　　　　へや |

　　形容詞的兩個作用取決於它們是用於一個句子的述語部分還是作為名詞片語的一部分。

| | |
|---|---|
| このかばんは小さいです。<br>　　　　　　　ちい | 這個書包很小。 |
| これは小さいかばんです。<br>　　　ちい | 這是個小書包。 |
| この問題は簡単です。<br>　　もんだい　かんたん | 這個問題很簡單。 |
| これは簡単な問題です。<br>　　　かんたん　もんだい | 這是個簡單的問題。 |

【表5】

| | 形容詞 *1　広い （寬敞的）<br>ひろ | | 形容動詞 *2　静か （安靜的）<br>しず | |
|---|---|---|---|---|
| | 肯定 | 否定 | 肯定 | 否定 |
| 非過去 | 広いです<br>ひろ | 広くないです<br>ひろ | 静かです<br>しず | 静かでは／じゃあ<br>しず　　りません |
| 過去 | 広かったです<br>ひろ | 広くなかったです<br>ひろ | 静かでした<br>しず | 静かでは／じゃあ<br>しず　　りませんでした |

<sup>*1</sup> 形容詞「いい（好的）」的不規則變化。

|  | 肯定 | 否定 |
|---|---|---|
| 非過去 | いいです | よくないです |
| 過去 | よかったです | よくなかったです |

<sup>*2</sup> 形容動詞也包括以下變化。

|  | 肯定 | 否定 |
|---|---|---|
| 非過去 | 静かです<br><small>しず</small> | 静かじゃないです<br><small>しず</small> |
| 過去 | 静かだったです<br><small>しず</small> | 静かじゃなかったです<br><small>しず</small> |

注意：〔です〕在日常會話中經常被省略。

日語中根據數詞是否被單獨提及，或是否接在一個量詞之後，會使用不同的單字。

## 1. 單獨的數詞

日語數詞以 10 為基礎，10 以上的數字的構成是，先說十位數，再說代表 1 到 9 的單字。

0（ゼロ／れい），1（いち），2（に），3（さん），4（よん／し），5（ご），6（ろく），7（なな／しち），8（はち），9（きゅう／く），10（じゅう），11（じゅういち），12（じゅうに），……，20（にじゅう），……，30（さんじゅう）

另外，十進整數位存在個別單字，從 10（じゅう）、100（ひゃく）到 1000（せん）及 10000（まん）。如果數量比這些單位還大，則把這四個單字組合起來。

100,000　じゅうまん　　1,000,000　ひゃくまん　　10,000,000　（いっ）せんまん

100,000,000　（いち）おく　　1,000,000,000,000,000　（いっ）ちょう　→ 請詳見 P59

撥電話號碼：０３-５２２５-９７３３將變成［ゼロ　さん（の）　ご　に　に　ご（の）　きゅう　なな　さん　さん］。

## 2. 數時間

＿＿＿　時間　＿＿＿小時
　　　　 じ かん

1　いち-じかん　　2　に-じかん　　　3　さん-じかん　　4　よ-じかん　　　5　ご じかん

6　ろく-じかん　　7　しち-じかん　　8　はち-じかん　　9　く-じかん　　　10　じゅう-じかん

11　じゅういち　　12　じゅうに　　　……　　　　　　　20　にじゅう　　　30　さんじゅう
　　-じかん　　　　　-じかん　　　　　　　　　　　　　-じかん　　　　　-じかん

_____ 時 _____ 點
じ

| 1 いち-じ | 2 に-じ | 3 さん-じ | 4 <u>よ</u>-じ | 5 ご-じ |
|---|---|---|---|---|
| 6 ろく-じ | 7 しち-じ | 8 はち-じ | 9 <u>く</u>-じ | 10 じゅう-じ |
| 11 じゅういち-じ | 12 じゅうに-じ | | | |


_____ 分 _____ 分
ふん／ぷん

| 1 いっぷん | 2 に-ふん | 3 さん-ぷん | 4 よん-ぷん | 5 ご-ふん |
|---|---|---|---|---|
| 6 ろっぷん | 7 なな-ふん | 8 はっぷん | 9 きゅう-ふん | 10 じゅっぷん |
| 11 じゅういっぷん | 12 じゅうに-ふん | …… | 20 にじゅっぷん | 30 さんじゅっぷん |

例如． 3：50 ＝ さん-じ ごじゅっぷん
8：30 ＝ はち-じ さんじゅっぷん ／ はち-じ はん（はん ＝ 半）

→ 請詳見第二冊第七課

## 3 . 量詞

日語根據所數對象不同使用不同量詞。→ 請詳見 P41，P55，P65

| | |
|---|---|
| うちにＣＤが100枚あります。<br>まい | 我們家有 100 張 CD。 |
| 車がもう1台ほしい。<br>くるま　　だい | 我想再要一輛車。 |
| ハンバーガーをふたつください。 | 請給我兩個漢堡。 |

量詞由所數物體的特徵決定。和不同量詞搭配，數字的讀法也不同。

注意數詞 1（いち），3（さん），6（ろく），8（はち），10（じゅう）特別容易變化。

【表6】

| | -まい | -だい | -こ ／ -つ | -かい | -ほん | -にん |
|---|---|---|---|---|---|---|
| | 扁平的物體<br>（紙、CD、<br>DVD、襯衫） | 大的無生命物體<br>（電視、電腦、<br>汽車、自行車） | 小的無生命物體<br>（雞蛋、漢堡、<br>番茄） | 樓層和做某事的<br>次數 | 長的管狀物體<br>（鋼筆、傘、瓶子） | 人 |
| 1 | いち-まい | いち-だい | いっこ<br>／ひとつ | いっかい | いっぽん | ひとり |
| 2 | に-まい | に-だい | に-こ<br>／ふたつ | に-かい | に-ほん | ふたり |
| 3 | さん-まい | さん-だい | さん-こ<br>／みっつ | さん-かい* | さん-ぽん | さん-にん |
| 4 | よん-まい | よん-だい | よん-こ<br>／よっつ | よん-かい | よん-ほん | よ-にん |
| 5 | ご-まい | ご-だい | ご-こ<br>／いつつ | ご-かい | ご-ほん | ご-にん |
| 6 | ろく-まい | ろく-だい | ろっこ<br>／むっつ | ろっかい | ろっぽん | ろく-にん |
| 7 | なな-まい | なな-だい | なな-こ<br>／ななつ | なな-かい | なな-ほん | しち-にん |
| 8 | はち-まい | はち-だい | はち-こ<br>／やっつ | はち-かい<br>／はっかい | はち-ほん<br>／はっぽん | はち-にん |
| 9 | きゅう-まい | きゅう-だい | きゅう-こ<br>／ここのつ | きゅう-かい | きゅう-ほん | きゅう-にん |
| 10 | じゅう-まい | じゅう-だい | じゅっこ<br>／とお | じゅっかい | じゅっぽん | じゅう-にん |
| ? | なん-まい | なん-だい | なん-こ<br>／いくつ | なん-かい* | なん-ぽん | なん-にん |

＊當談論建築物的樓層時，也可以使用〔三階〕和〔何階〕。
　　　　　　　　　　　　　　さんがい　　なんがい

# VIII 疑問詞

接下來看帶疑問詞的疑問句，如「什麼」和「誰」，並提供日語疑問句的整體列表。

疑問句通常用一個疑問詞來尋求想得到的信息，並在句末加「か」。

## 1）什麼＝なに／なん

| | |
|---|---|
| なにが好きですか。 | 你喜歡什麼？ |
| これはなんですか。 | 這是什麼？　　→ 請詳見第四課 |

## 2）幾點＝なん‐じ

| | |
|---|---|
| なんじに起きますか。 | 你幾點起床？ |
| 仕事はなんじまでですか。 | 你幾點下班？ |

## 3）哪裡＝どこ　　→ 請詳見第二課，第二冊第八課

| | |
|---|---|
| どこに行きますか。 | 你去哪？ |
| どこで勉強しますか。 | 你在哪唸書？ |

## 4）誰＝だれ

| | |
|---|---|
| だれと行きますか。 | 你和誰一起去？ |
| だれが来ましたか。 | 誰來了？ |

當作為句中的主語使用時，疑問詞後經常接「が」。

## 5）什麼＋[名詞]＝なんの＋[名詞]

| | |
|---|---|
| なんの本を読みましたか。 | 你讀了什麼書？ |

## 6）什麼樣的＝どんな　　→ 請詳見第二冊第十課

| | |
|---|---|
| どんな人ですか。 | 是個怎麼樣的人？ |
| どんなところですか。 | 是個怎麼樣的地方？ |

## 7）多少＝なん＋[量詞]／いくつ

| なん時間勉強しましたか。 | 你唸了幾個小時？ |
| なん人いますか。 | 有幾個人？ |
| いくつありますか。 | 有多少？ |

## 8）多少＝なん＋[量詞]／どのぐらい

| なん歳ですか。 | 你幾歲了？ |
| どのくらい行きますか。 | 你多久去一次？ |
| どのくらい遠いですか。 | 有多遠啊？ |
| どのくらいかかりますか。 | 需要多長時間？ → 請詳見第二冊第七課 |

## 9）多少錢＝いくら

| いくらですか。 | 這個多少錢？ → 請詳見第四課 |

## 10）哪個＝どっち／どちら／どれ

| 有兩個選擇項：どっち／どちら が好きですか。 | 你喜歡哪一個？ |
| 有多個選擇項：どれ が（いちばん）好きですか。 | 你（最）喜歡哪一個？ |

# IX 副詞

在日語中，副詞放在動詞和形容詞之前，描述它們的狀態或程度。

## 【狀態副詞】

| | |
|---|---|
| ゆっくり話してください。 | 請慢慢說。 |
| この町はすっかり変わった。 | 這個城市完全變了樣。 |
| きちんと説明してください。 | 請好好解釋一下。 |

## 【程度副詞】

| | |
|---|---|
| とてもおいしいです。 | 非常好吃。 |
| 日本語と英語はかなりちがう。 | 日語和英語相當不同。 |
| いつもはビールですが、たまに焼酎を飲みます。 | 我一般喝啤酒，偶爾喝燒酒。 |
| 映画はあまり好きじゃありません | 我不太喜歡看電影。 |
| 私は彼女を全然知らない。 | 我根本不認識她。 |

肯定副詞包括「とても」和「かなり」表示程度，其它像「いつも」和「たまに」表示頻率。否定副詞包括「あまり」和「全然」

下面所列的一些形容詞，在變化後，具有與副詞一樣的作用。

| | | | |
|---|---|---|---|
| はやい | → はやく | はやく着きました。 | 我提早到了。 |
| おそい | → おそく | おそく起きました。 | 我起床晚了。 |
| すごい | → すごく | 富士山はすごくきれいだ。 | 富士山非常漂亮。 |
| 静かな | → 静かに | 静かに歩いてください。 | 請輕聲慢走。 |
| ポジティブな | → ポジティブに | もっとポジティブに考えよう。 | 讓我們樂觀點想。 |

# X 省略

　　特別是在口語會話中，日語句子中的一些特定部分可以被省略。參照下面的例句。

## 1 . 主語省略

（私は）　陳です。　　　　　　　　　（我是）陳。

（私は）　会社員です。　　　　　　　（我是）一個公司職員。

（私は）　台湾から来ました。　　　　（我）來自台灣。　　　→ 請詳見第一課

　　在疑問句和陳述句中從上下文很容易辨別出主語，特別是當聽者即為主語時，主語常被省略。

　　非常需要注意的一點是單字「あなた」，相當於英語中的「you」（你），極少用於日語會話中。反而，如果有必要明確地在會話中涉及到對方的話，通常使用一個人的名字或工作職稱代替。

（あなたは）　会社員ですか。　　　　（你）是公司職員嗎？

（田中さん、）今、忙しいですか。　　（田中先生，您）現在忙嗎？

（先生は）　ラーメンを食べますか。　（老師，您）吃拉麵嗎？

## 2 . 疑問詞省略

　　當對話中用疑問詞提問時，經常省略疑問詞本身而只留下主語。

お仕事は（なんですか）。　　　　　　你做什麼工作？

お名前は（なんですか）。　　　　　　你叫什麼名字？　　　→ 請詳見第一課

　　像「あなた」（你），當很容易從上下文推斷出來時片語「あなたの」（你的）也不用於會話中。

# XI 尊敬語

　　所有語言都能根據一個人正在談話的對象表達禮貌。日語也不例外。日語的敬語根據誰在對誰講話分為兩類。尊敬語（尊敬語）用於提高尊敬的人的地位（聽者或第三者）。謙讓語（謙讓語）用於降低說話者自己的地位。です／ます形被歸為丁寧語（禮貌語）也是敬語的一種。但是不像尊敬語及謙讓語，說話者和聽者都可以使用です／ます形來表達尊敬。

　　例如，動詞「食べる」（吃）在丁寧語（禮貌語）、尊敬語（尊敬語）或謙讓語（謙讓語）中是完全不同的形式。

例1　食べる（吃）
　　丁寧語　食べます
　　尊敬語　召し上がります
　　謙讓語　いただきます

　　一部分動詞像「食べる」一樣，在用敬語表達時被完全不同的詞彙所取代。大部分動詞遵循一個簡單規則：抬高聽者（お＋［ます形語幹］＋になります），降低說話者（お＋［ます形語幹］＋します）。另外，在五段動詞和上下一段動詞語幹後加〔られる〕或〔れる〕也可以抬高聽者。

例2　借りる（借）
　　丁寧語　借ります
　　尊敬語　お借りになります　／　借りられます
　　謙讓語　お借りします

例3
　　- A是博物館閱覽室圖書管理員。B是一名學生。-
　　A：この資料、お借りになりますか。　／　借りられますか。
　　B：ええ、お借りしたいです。

A： 您是想借這些資料嗎？

B： 是的，我想借。

尊敬語不止限於動詞。名詞也可以通過美化語（美化語）來表達尊敬。
前綴詞「お」或「ご」接在名詞前。

例　お-みず（水），お-さら（盤子），お-はし（筷子）
　　ご-しゅっしん（出生地），ご-かぞく（家人），ご-しゅみ（興趣）

「お」接在和語（日語本土詞彙）前，「ご」接在漢語（從中文借來的詞彙）前。

你會發現，敬語被廣泛使用在服務顧客的場所，例如商店，公共設施和大眾運輸工具。抬高消費者的尊敬語包括「お待ちください」（請您稍等）「ゆっくりご覧になってください」（請您慢慢看）「いらっしゃいませ」（歡迎光臨）

在日本，也到處可以聽到服務人員使用降低自己的謙讓語。包括「お待たせしました」（讓您久等了）「すぐお持ちします」（我馬上去拿）「電車が参ります」（電車來了）

以上是對日語禮貌用語的簡單介紹，敬語不限於動詞，且是一個廣泛的體系，延伸到名詞和形容詞，反映出使用者和被使用者之間的相互作用。因為這種複雜性，日本人也無法自然養成、不假思索地使用敬語，而必須有意識地學習。

雖然日語學習者可能要花一些時間才能熟練地使用敬語，但聽的機會大量存在於餐館、巴士、火車和各種公共場合，所以請從傾聽您身邊的敬語開始吧。

# 聽力解答及CD原文　リスニング解答とスクリプト

## p.33【第一課】 ‥‥‥‥‥‥‥‥‥‥

**問題1** 1　**問題2** 3
**問題3** 1　**問題4** 3

### 問題1

M: はじめまして。私はトムです。イギ
　　リス人です。どうぞよろしく。
F: エミリーです。オーストラリアから
　　来ました。こちらこそ、どうぞよろ
　　しく。

男：初次見面，您好。我是湯姆。我是英
　　國人。請多多指教。
女：我是愛蜜麗。我來自澳洲。彼此彼此，
　　也請多多指教。

### 問題2

F: ニールさん、ご出身は。
M: インドです。
F: お仕事はなんですか。
M: 会社員です。

女：尼爾先生，您的出生地在哪裡？
男：印度。
女：您做什麼職業？
男：我是公司職員。

### 問題3

M: 上田さん、カラオケは好きですか。
F: うぅん、私はあまり…。でも音楽は
　　好きですよ。

男：上田小姐，您喜歡唱卡拉ＯＫ嗎？
女：嗯，不怎麼喜歡，但是我喜歡音樂。

### 問題4

F:　トムさん、お酒は好きですか。
M:　はい、好きです。ビールが好きです。
　　山田さんもお酒、好きですか。
F:　ええ、私も好きですよ。

女：湯姆先生，您喜歡喝酒嗎？
男：是的，我喜歡喝啤酒。山田小姐也喜
　　歡喝酒嗎？
女：是的，我也喜歡。

## p.46【第二課】 ‥‥‥‥‥‥‥‥‥‥

**問題1** 1　**問題2** 2
**問題3** 1　**問題4** 2

### 問題1

M: すみません。このへんにインターネッ
　　トカフェ、ありますか。
F: ええ、あそこにありますよ。
M: ありがとうございます。
F: どういたしまして。

男：不好意思，請問這附近有網咖嗎？
女：有的，在那邊。
男：謝謝。
女：不客氣。

## 問題2

F: すみません、レジ、どこですか。

M: あちらにあります。

F: あ、ありがとうございます。

女：不好意思，請問收銀台在哪裡？

男：在那邊。

女：啊，謝謝您。

## 問題3

M: あの…、本屋は何階ですか。

F: ３階になります。

M: え、もう一度いいですか。

F: ３階です。

M: ありがとうございます。

男：請問…書店在幾樓？

女：在三樓。

男：不好意思，您能再說一遍嗎？

女：在三樓。

男：謝謝。

## 問題4

M: すみません、100円ショップに行きたいんですが…

F: あ、むこう。あのコンビニのうしろにありますよ。

M: ありがとうございます。

男：不好意思，我想去百圓商店…

女：啊，在對面。在那間便利商店的後面。

男：謝謝。

## p.60【第三課】 ........................

問題1　３　　問題2　２

問題3　２　　問題4　１

## 問題1

M: すみません、タバコありますか。

F: 申しわけありません。タバコはないんです。

M: あ、そうですか。わかりました。

男：不好意思，請問有香菸嗎？

女：非常抱歉，我們沒有香菸。

男：哦，這樣啊，我知道了。

## 問題2

M: すみません、これ、いくらですか。

F: かさは…、600円です。

M: この地図はいくらですか。

F: それは800円です。

M: あ、わかりました。

男：不好意思，這個多少錢？

女：傘是…600日圓。

男：這個地圖多少錢？

女：那個800日圓。

男：我知道了。

## 問題3

M: すみません、お弁当ありますか。

F: はい、こちらです。

M: じゃあ、それふたつください。

F: かしこまりました。

男：不好意思，請問有便當嗎？

女：有的，在那邊。

男：那，請給我兩個。

女：好的，明白了。

## 問題4

M: いらっしゃいませ。

F: すみません、これ、もうちょっと大きいの、ありませんか。

M: 申しわけありません。これだけなんです。

F: あ、わかりました。

男：歡迎光臨。

女：不好意思，這個，有再大一點的嗎？

男：非常抱歉，我們只有這種。

女：我知道了。

## p.74【第四課】·······················

問題1　3　問題2　1
問題3　1　問題4　2

## 問題1

M: ご注文おきまりですか。

F: おすすめは何ですか。

M: いくらです。

F: いくらって何ですか。

M: こちらです。サーモンエッグですよ。

F: ああ、じゃあ、それひとつください。

男：您要點餐了嗎？

女：有什麼推薦的嗎？

男：「いくら」。

女：「いくら」是什麼？

男：這個，是鮭魚子。

女：哦，好的，給我來一份這個。

## 問題2

F: いらっしゃいませ。こちらでお召し上がりですか。

M: はい、ここで。

F: ご注文をどうぞ。

M: チーズバーガーとアイスコーヒーお願いします。

F: かしこまりました。ガムシロップとミルクはご利用ですか。

M: あ、ガムシロップはけっこうです。

女：歡迎光臨，您要在這裡用餐嗎？

男：是的。

女：請點餐。

男：我想要一個起司漢堡和一杯冰咖啡。

女：好的。您需要糖漿和奶精嗎？

男：糖漿不需要。

## 問題3

M: お飲み物はいかがですか。

F: じゃあ、これと同じのをお願いします。

M: はい、生ビールをおひとつですね。

F: はい。

男：您想要喝點東西嗎？

女：那，我想再來一杯一樣的。

男：好的，再來一杯生啤酒是吧。

女：是的。

## 問題 4

F: ありがとうございました。お会計は
ご一緒（かいけい）でよろしいですか。

M: あ、別々（べつべつ）で。

F: レシートは？

M: けっこうです。

女：謝謝，請問要一起付嗎？

男：啊，分開付。

女：您需要發票嗎？

男：不需要。

## p.86【第五課】 ·······················

**問題1** 1　**問題2** 3
**問題3** 2　**問題4** 2

## 問題1

M: すみません、ここ、タバコを吸（す）ってもい
いですか。

F: 申（もう）しわけございません。こちらは禁
煙席（きんえんせき）なんです。

M: わかりました。

男：不好意思，請問我能在這裡抽菸嗎？

女：非常抱歉，這裡是禁菸區。

男：我知道了。

## 問題2

M: あの、これ、もらってもいいですか。

F: パンフレットですね。いいですよ。
サンプルもどうぞ。

M: あ、どうも。

男：嗯，請問我能拿一個這個嗎？

女：您是說這個小冊子吧。可以的。樣品也
可以拿。

男：啊，謝謝。

## 問題3

F: こちらにご記入（きにゅう）ください。

M: ローマ字（じ）でいいですか。

F: ええ、けっこうです。

女：請在這裡填寫一下。

男：我能用羅馬字填嗎？

女：嗯，可以。

## 問題4

M: 710円（えん）になります。

F: すみません、1万円札（まんえんさつ）でいいですか。

M: ええと、あ、大丈夫（だいじょうぶ）ですよ。

F: じゃあ、これで。

M: はい、ありがとうございました。

男：總共 710 日圓。

女：不好意思，10000 日圓的紙鈔可以嗎？

男：嗯，啊，可以。

女：那，這個。

男：好的，謝謝。

## p.99【第六課】 ·······················

**問題1** 1　**問題2** 3
**問題3** 1　**問題4** 2

## 問題 1

F: すみません、かさを貸してもらえま
　　せんか。

M: こちらでよろしいですか。

F: はい、ありがとうございます。

女：不好意思，請問能借我一把傘嗎？

男：這個可以嗎？

女：好的，謝謝。


## 問題 2

F: お決まりですか。

M: すみません、ちょっと待ってください。

F: はい、かしこまりました。

女：請問您要點餐了嗎？

男：不好意思，請稍等一下。

女：嗯，好的。


## 問題 3

M: ここまっすぐですか。

F: あ、いいえ、信号を左にまがってく
　　ださい。

M: はい。

男：請問從這裡直走是嗎？

女：啊，不是，請在紅綠燈那裡往左轉。

男：好的。


## 問題 4

M: あの、このワイン、飲んでもいいで
　　すか。

F: どうぞ、どうぞ。

M: あ、すみません。そのグラス、とっ

てもらえませんか。

男：請問我能喝這個葡萄酒嗎？

女：請。

男：不好意思，可不可以幫我拿那個杯子？

# 動詞變化一覽表　動詞活用表

## ● 五段動詞 ●

| 意思 | ます形 | 辭書形 | て形 | た形 | ない形 |
|---|---|---|---|---|---|
| 見面、遇見 | あいます | あう | あって | あった | あわない |
| 保留、預留 | あずかります | あずかる | あずかって | あずかった | あずからない |
| 下雨 | あめがふります | あめがふる | あめがふって | あめがふった | あめがふらない |
| 走 | あるきます | あるく | あるいて | あるいた | あるかない |
| 去 | いきます | いく | いって | いった | いかない |
| 緊急、著急 | いそぎます | いそぐ | いそいで | いそいだ | いそがない |
| 想 | おもいます | おもう | おもって | おもった | おもわない |
| 買 | かいます | かう | かって | かった | かわない |
| 還 | かえします | かえす | かえして | かえした | かえさない |
| 回（家） | かえります | かえる | かえって | かえった | かえらない |
| 花費 | かかります | かかる | かかって | かかった | かからない |
| 寫、畫 | かきます | かく | かいて | かいた | かかない |
| 出借 | かします | かす | かして | かした | かさない |
| 努力 | がんばります | がんばる | がんばって | がんばった | がんばらない |
| 聽 | ききます | きく | きいて | きいた | きかない |
| 居住 | すみます | すむ | すんで | すんだ | すまない |
| 坐 | すわります | すわる | すわって | すわった | すわらない |
| 抽（菸） | たばこをすいます | たばこをすう | たばこをすって | たばこをすった | たばこをすわない |
| 使用 | つかいます | つかう | つかって | つかった | つかわない |
| 製作 | つくります | つくる | つくって | つくった | つくらない |
| 幫忙 | てつだいます | てつだう | てつだって | てつだった | てつだわない |
| 停止 | とまります | とまる | とまって | とまった | とまらない |
| 拍（照片） | とります | とる | とって | とった | とらない |
| 喝 | のみます | のむ | のんで | のんだ | のまない |
| 進入 | はいります | はいる | はいって | はいった | はいらない |

| 意思 | ます形 | 辞書形 | て形 | た形 | ない形 |
|---|---|---|---|---|---|
| 說話 | はなします | はなす | はなして | はなした | はなさない |
| 支付 | はらいます | はらう | はらって | はらった | はらわない |
| 轉、彎 | まがります | まがる | まがって | まがった | まがらない |
| 等待 | まちます | まつ | まって | まった | またない |
| 收、受 | もらいます | もらう | もらって | もらった | もらわない |
| 休息、請假 | やすみます | やすむ | やすんで | やすんだ | やすまない |
| 讀 | よみます | よむ | よんで | よんだ | よまない |
| 懂、知道 | わかります | わかる | わかって | わかった | わからない |

## ● 上下一段動詞 ●

| 意思 | ます形 | 辞書形 | て形 | た形 | ない形 |
|---|---|---|---|---|---|
| 開 | あけます | あける | あけて | あけた | あけない |
| 有、在（有生命） | います | いる | いて | いた | いない |
| 起來 | おきます | おきる | おきて | おきた | おきない |
| 遲到 | おくれます | おくれる | おくれて | おくれた | おくれない |
| 教、告訴 | おしえます | おしえる | おしえて | おしえた | おしえない |
| 改變 | かえます | かえる | かえて | かえた | かえない |
| 借入 | かります | かりる | かりて | かりた | かりない |
| 吃 | たべます | たべる | たべて | たべた | たべない |
| 疲累 | つかれます | つかれる | つかれて | つかれた | つかれない |
| 外出 | でかけます | でかける | でかけて | でかけた | でかけない |
| 睡覺 | ねます | ねる | ねて | ねた | ねない |
| 給（他人）看 | みせます | みせる | みせて | みせた | みせない |
| 看 | みます | みる | みて | みた | みない |
| 忘記 | わすれます | わすれる | わすれて | わすれた | わすれない |

## ● 不規則動詞 ●

| 意思 | ます形 | 辭書形 | て形 | た形 | ない形 |
|---|---|---|---|---|---|
| 有、在（無生命） | あります | ある | あって | あった | ない |
| 寫入、記下 | きにゅうします | きにゅうする | きにゅうして | きにゅうした | きにゅうしない |
| 來 | きます | くる | きて | きた | こない |
| 取消 | キャンセルします | キャンセルする | キャンセルして | キャンセルした | キャンセルしない |
| 散步 | さんぽします | さんぽする | さんぽして | さんぽした | さんぽしない |
| 工作 | しごとします | しごとする | しごとして | しごとした | しごとしない |
| 試穿 | しちゃくします | しちゃくする | しちゃくして | しちゃくした | しちゃくしない |
| 做、作 | します | する | して | した | しない |
| 慢跑 | ジョギングします | ジョギングする | ジョギングして | ジョギングした | ジョギングしない |
| 下訂單 | ちゅうもんします | ちゅうもんする | ちゅうもんして | ちゅうもんした | ちゅうもんしない |
| 打電話 | でんわします | でんわする | でんわして | でんわした | でんわしない |
| 唸書、學習 | べんきょうします | べんきょうする | べんきょうして | べんきょうした | べんきょうしない |
| 拿來 | もってきます | もってくる | もってきて | もってきた | もってこない |
| 放鬆 | ゆっくりします | ゆっくりする | ゆっくりして | ゆっくりした | ゆっくりしない |
| 預約 | よやくします | よやくする | よやくして | よやくした | よやくしない |
| 聯絡 | れんらくします | れんらくする | れんらくして | れんらくした | れんらくしない |

# 形容詞變化一覽表　形容詞活用表

● 形容詞 ●

| 意思 | 非過去 | | 過去 | |
| --- | --- | --- | --- | --- |
| | 肯定(＋です) | 否定(＋です) | 肯定(＋です) | 否定(＋です) |
| 明亮的 | あかるい | あかるくない | あかるかった | あかるくなかった |
| 聰明的 | あたまがいい | あたまがよくない | あたまがよかった | あたまがよくなかった |
| 新的 | あたらしい | あたらしくない | あたらしかった | あたらしくなかった |
| 熱的、燙的、厚的 | あつい | あつくない | あつかった | あつくなかった |
| 危險的 | あぶない | あぶなくない | あぶなかった | あぶなくなかった |
| 好的 | いい | よくない | よかった | よくなかった |
| 忙碌的 | いそがしい | いそがしくない | いそがしかった | いそがしくなかった |
| 吵鬧的 | うるさい | うるさくない | うるさかった | うるさくなかった |
| 好吃的 | おいしい | おいしくない | おいしかった | おいしくなかった |
| 大的 | おおきい | おおきくない | おおきかった | おおきくなかった |
| 重的 | おもい | おもくない | おもかった | おもくなかった |
| 有趣的 | おもしろい | おもしろくない | おもしろかった | おもしろくなかった |
| 帥的、酷的 | かっこいい | かっこよくない | かっこよかった | かっこよくなかった |
| 輕的 | かるい | かるくない | かるかった | かるくなかった |
| 可愛的 | かわいい | かわいくない | かわいかった | かわいくなかった |
| 髒的 | きたない | きたなくない | きたなかった | きたなくなかった |
| 舒服的 | きもちいい | きもちよくない | きもちよかった | きもちよくなかった |
| 暗的 | くらい | くらくない | くらかった | くらくなかった |
| 恐怖的 | こわい | こわくない | こわかった | こわくなかった |
| （天氣）冷的 | さむい | さむくない | さむかった | さむくなかった |
| 厲害的、棒的 | すごい | すごくない | すごかった | すごくなかった |
| 完美的、精彩的 | すばらしい | すばらしくない | すばらしかった | すばらしくなかった |
| （身高）高的 | せがたかい | せがたかくない | せがたかかった | せがたかくなかった |

| 意思 | 非過去 | | 過去 | |
|---|---|---|---|---|
| | 肯定（＋です） | 否定（＋です） | 肯定（＋です） | 否定（＋です） |
| （身高）矮的 | せがひくい | せがひくくない | せがひくかった | せがひくくなかった |
| 狹窄的 | せまい | せまくない | せまかった | せまくなかった |
| 貴的、高的 | たかい | たかくない | たかかった | たかくなかった |
| 好玩的 | たのしい | たのしくない | たのしかった | たのしくなかった |
| 小的 | ちいさい | ちいさくない | ちいさかった | ちいさくなかった |
| 近的 | ちかい | ちかくない | ちかかった | ちかくなかった |
| 無聊的 | つまらない | つまらなくない | つまらなかった | つまらなくなかった |
| （物品）冷的 | つめたい | つめたくない | つめたかった | つめたくなかった |
| 強的 | つよい | つよくない | つよかった | つよくなかった |
| 遠的 | とおい | とおくない | とおかった | とおくなかった |
| 長的 | ながい | ながくない | ながかった | ながくなかった |
| 寬廣的 | ひろい | ひろくない | ひろかった | ひろくなかった |
| 舊的 | ふるい | ふるくない | ふるかった | ふるくなかった |
| 難吃的 | まずい | まずくない | まずかった | まずくなかった |
| 短的 | みじかい | みじかくない | みじかかった | みじかくなかった |
| 困難的 | むずかしい | むずかしくない | むずかしかった | むずかしくなかった |
| 簡單、溫柔的 | やさしい | やさしくない | やさしかった | やさしくなかった |
| 便宜的 | やすい | やすくない | やすかった | やすくなかった |
| 弱的 | よわい | よわくない | よわかった | よわくなかった |
| 年輕的 | わかい | わかくない | わかかった | わかくなかった |

## ● 形容動詞 ●

| 意思 | 非過去 | | 過去 | |
| --- | --- | --- | --- | --- |
| | 肯定 | 否定 | 肯定 | 否定 |
| 安全的 | あんぜんです | あんぜんじゃありません | あんぜんでした | あんぜんじゃありませんでした |
| 簡單的 | かんたんです | かんたんじゃありません | かんたんでした | かんたんじゃありませんでした |
| 漂亮、整潔的 | きれいです | きれいじゃありません | きれいでした | きれいじゃありませんでした |
| 有精神的 | げんきです | げんきじゃありません | げんきでした | げんきじゃありませんでした |
| 安靜的 | しずかです | しずかじゃありません | しずかでした | しずかじゃありませんでした |
| 熟練的 | じょうずです | じょうずじゃありません | じょうずでした | じょうずじゃありませんでした |
| 簡易的 | シンプルです | シンプルじゃありません | シンプルでした | シンプルじゃありませんでした |
| 喜歡的 | すきです | すきじゃありません | すきでした | すきじゃありませんでした |
| 辛苦的 | たいへんです | たいへんじゃありません | たいへんでした | たいへんじゃありませんでした |
| 生動、熱鬧的 | にぎやかです | にぎやかじゃありません | にぎやかでした | にぎやかじゃありませんでした |
| 有空閒的 | ひまです | ひまじゃありません | ひまでした | ひまじゃありませんでした |
| 複雜的 | ふくざつです | ふくざつじゃありません | ふくざつでした | ふくざつじゃありませんでした |
| 友善的 | フレンドリーです | フレンドリーじゃありません | フレンドリーでした | フレンドリーじゃありませんでした |
| 不純熟的 | へたです | へたじゃありません | へたでした | へたじゃありませんでした |
| 方便的 | べんりです | べんりじゃありません | べんりでした | べんりじゃありませんでした |
| 認真、老實的 | まじめです | まじめじゃありません | まじめでした | まじめじゃありませんでした |
| 有名的 | ゆうめいです | ゆうめいじゃありません | ゆうめいでした | ゆうめいじゃありませんでした |
| 任性、自私的 | わがままです | わがままじゃありません | わがままでした | わがままじゃありませんでした |

# 國家和地區　国・地域

| 非洲 | アフリカ | 亞洲/大洋洲 | アジア/オセアニア |
|---|---|---|---|
| 貝南 | ベナン | 阿富汗 | アフガニスタン |
| 喀麥隆 | カメルーン | 澳大利亞 | オーストラリア |
| 象牙海岸 | コートジボアール | 巴林 | バーレーン |
| 埃及 | エジプト | 孟加拉 | バングラデシュ |
| 伊索比亞 | エチオピア | 中華人民共和國 | 中国 |
| 迦納 | ガーナ | 印度 | インド |
| 幾內亞 | ギニア | 印尼 | インドネシア |
| 肯亞 | ケニア | 伊朗 | イラン |
| 馬達加斯加 | マダガスカル | 伊拉克 | イラク |
| 摩洛哥 | モロッコ | 日本 | 日本 |
| 奈及利亞 | ナイジェリア | 韓國 | 韓国 |
| 塞內加爾 | セネガル | 科威特 | クウェート |
| 南非共和國 | 南アフリカ共和国 | 吉爾吉斯 | キルギス |
| 坦尚尼亞 | タンザニア | 黎巴嫩 | レバノン |
| 突尼西亞 | チュニジア | 馬來西亞 | マレーシア |
| | | 蒙古 | モンゴル |
| | | 緬甸 | ミャンマー |
| | | 尼泊爾 | ネパール |
| | | 紐西蘭 | ニュージーランド |
| | | 阿曼 | オマーン |
| | | 巴基斯坦 | パキスタン |

| | | | |
|---|---|---|---|
| 菲律賓 | フィリピン | **歐洲** | **ヨーロッパ** |
| 卡達 | カタール | 奧地利 | オーストリア |
| 沙烏地阿拉伯 | サウジアラビア | 比利時 | ベルギー |
| 新加坡 | シンガポール | 保加利亞 | ブルガリア |
| 斯里蘭卡 | スリランカ | 克羅埃西亞 | クロアチア |
| 中華民國（台灣） | 台湾<br>たいわん | 捷克 | チェコ |
| 泰國 | タイ | 丹麥 | デンマーク |
| 土耳其 | トルコ | 愛沙尼亞 | エストニア |
| 阿拉伯聯合大公國 | アラブ首長国連邦<br>しゅちょうこくれんぽう | 芬蘭 | フィンランド |
| 烏茲別克 | ウズベキスタン | 法國 | フランス |
| 越南 | ベトナム | 德國 | ドイツ |
| | | 希臘 | ギリシャ |
| | | 匈牙利 | ハンガリー |
| | | 冰島 | アイスランド |
| | | 愛爾蘭 | アイルランド |
| | | 以色列 | イスラエル |
| | | 義大利 | イタリア |
| | | 拉脫維亞 | ラトビア |
| | | 立陶宛 | リトアニア |
| | | 盧森堡 | ルクセンブルク |
| | | 摩爾多瓦 | モルドバ |
| | | 荷蘭 | オランダ |
| | | 挪威 | ノルウェー |
| | | 波蘭 | ポーランド |
| | | 葡萄牙 | ポルトガル |

| | |
|---|---|
| 羅馬尼亞 | ルーマニア |
| 俄羅斯 | ロシア |
| 西班牙 | スペイン |
| 瑞典 | スウェーデン |
| 瑞士 | スイス |
| 烏克蘭 | ウクライナ |
| 英國 | イギリス |

| 北/中/南美洲 | 北/中央/南アメリカ<br>きた ちゅうおう みなみ |
|---|---|
| 阿根廷 | アルゼンチン |
| 巴西 | ブラジル |
| 加拿大 | カナダ |
| 智利 | チリ |
| 哥倫比亞 | コロンビア |
| 哥斯大黎加 | コスタリカ |
| 古巴 | キューバ |
| 厄瓜多 | エクアドル |
| 瓜地馬拉 | グアテマラ |
| 牙買加 | ジャマイカ |
| 墨西哥 | メキシコ |
| 巴拉圭 | パラグアイ |
| 祕魯 | ペルー |
| 美國 | アメリカ |
| 烏拉圭 | ウルグアイ |
| 委內瑞拉 | ベネズエラ |

# 常用單字一覽表　お役立ち語彙集

＊標示單字第一次出現於各課的頁數

| 職業<br>仕事<br>しごと | 公務員<br>公務員<br>こうむいん | 公司職員<br>会社員<br>かいしゃいん<br>p.26 | 工程師<br>エンジニア<br>えんじにあ<br>p.26 | 程式設計師<br>プログラマー<br>ぷろぐらまー |
|---|---|---|---|---|
| 律師<br>弁護士<br>べんごし | 會計師<br>会計士<br>かいけいし | 稅務師<br>税理士<br>ぜいりし | 銀行行員<br>銀行員<br>ぎんこういん | 翻譯員<br>翻訳家<br>ほんやくか |
| 口譯員<br>通訳（者）<br>つうやく（つうやくしゃ） | 醫生<br>医者<br>いしゃ | 護士<br>看護師<br>かんごし | 研究人員<br>研究員<br>けんきゅういん | 教師<br>先生／教師<br>せんせい／きょうし<br>p.26 |
| 學生<br>学生<br>がくせい<br>p.26 | 藝術家<br>アーティスト<br>あーてぃすと | 建築師<br>建築家<br>けんちくか | 設計師<br>デザイナー<br>でざいなー | 音樂家<br>ミュージシャン<br>みゅーじしゃん |
| （電視‧電影）攝影師<br>カメラマン<br>かめらまん | （平面）攝影師<br>写真家<br>しゃしんか | 作家<br>作家／ライター<br>さっか／らいたー | 廚師<br>シェフ／コック<br>しぇふ／こっく | 美容師<br>美容師<br>びようし |
| 自營業<br>自営業<br>じえいぎょう | 家庭主婦<br>主婦<br>しゅふ<br>p.26 | | | |

| 興趣／運動<br>趣味／スポーツ<br>しゅみ／すぽーつ | 電影<br>映画<br>えいが<br>p.30 | 音樂<br>音楽<br>おんがく<br>p.30 | 閱讀<br>読書<br>どくしょ | 園藝<br>ガーデニング<br>がーてにんぐ |
|---|---|---|---|---|
| 繪圖<br>絵<br>え | 旅行<br>旅行<br>りょこう<br>p.30 | 兜風<br>ドライブ<br>どらいぶ | 照片<br>写真<br>しゃしん<br>p.82, p.96 | 下廚<br>料理<br>りょうり |
| 撞球<br>ビリヤード<br>びりやーど | 卡拉OK<br>カラオケ<br>からおけ<br>p.30 | 射飛鏢<br>ダーツ<br>だーつ | 遊戲／遊樂器<br>ゲーム<br>げーむ | 漫畫<br>まんが<br>まんが |
| 戶外活動<br>アウトドア<br>あうとどあ<br>p.30 | 網路<br>インターネット<br>いんたーねっと | 遍嚐美食<br>食べ歩き<br>たべあるき | 足球<br>サッカー<br>さっかー<br>p.30 | 棒球<br>野球<br>やきゅう |
| 滑雪<br>スキー<br>すきー | 潛水<br>スキューバダイビング<br>すきゅーばだいびんぐ | 衝浪<br>サーフィン<br>さーふぃん | 瑜珈<br>ヨガ<br>よが | 跳舞<br>ダンス<br>だんす |
| 高爾夫<br>ゴルフ<br>ごるふ | 網球<br>テニス<br>てにす | 桌球<br>卓球<br>たっきゅう | 重量訓練<br>ウエイトトレーニング<br>うえいととれーにんぐ | 武術<br>格闘技<br>かくとうぎ |
| 柔道<br>柔道<br>じゅうどう | 合氣道<br>合気道<br>あいきどう | 空手道<br>空手<br>からて | 游泳<br>水泳<br>すいえい | 登山<br>山登り<br>やまのぼり |
| 健行<br>ハイキング<br>はいきんぐ | | | | |

| 店／設施<br>店／施設<br>みせ／しせつ | 書店<br>本屋<br>ほんや<br>p.40 | 花店<br>花屋<br>はなや<br>p.44 | 網咖<br>インターネットカフェ<br>いんたーねっとかふぇ<br>p.38 | 餐廳<br>レストラン<br>れすとらん |
|---|---|---|---|---|
| 咖啡店<br>喫茶店／カフェ<br>きっさてん／かふぇ | 居酒屋（日式酒吧）<br>居酒屋<br>いざかや | 麵包店<br>パン屋<br>ぱんや | 拉麵店<br>ラーメン屋<br>らーめんや | 壽司店<br>すし屋<br>すしや |
| 電器行<br>電気屋<br>でんきや | 美容院<br>美容院<br>びよういん | 理髪店<br>床屋<br>とこや | 百圓商店<br>１００円ショップ<br>ひゃくえんしょっぷ<br>p.38 | 折扣店<br>ディスカウントショップ<br>でぃすかうんとしょっぷ |
| 藥局／藥妝店<br>薬屋／ドラッグストア<br>くすりや／どらっぐすとあ<br>p.38 | 藥局（專賣處方藥）<br>薬局<br>やっきょく | 超市<br>スーパー<br>すーぱー<br>p.38 | 便利商店<br>コンビニ<br>こんびに<br>p.38 | 銀行<br>銀行<br>ぎんこう<br>p.42 |
| 自動提款機<br>ATM<br>えーてぃーえむ<br>p.38 | 車站<br>駅<br>えき<br>p.38 | 公車站<br>バス停<br>ばすてい<br>p.38 | 電影院<br>映画館<br>えいがかん<br>p.42 | 美術館<br>美術館<br>びじゅつかん<br>p.42 |
| 動物園<br>動物園<br>どうぶつえん<br>p.42 | 警察局<br>交番<br>こうばん<br>p.38 | 郵局<br>郵便局<br>ゆうびんきょく<br>p.42 | 遊樂園<br>遊園地<br>ゆうえんち | 公園<br>公園<br>こうえん<br>p.42 |
| 旅館、飯店<br>ホテル<br>ほてる<br>p.94 | 賓館、家庭旅館<br>ゲストハウス<br>げすとはうす<br>p.94 | 加油站<br>ガソリンスタンド<br>がそりんすたんど | 停車場<br>駐車場<br>ちゅうしゃじょう<br>p.38 | 區／市公所<br>区役所／市役所<br>くやくしょ／しやくしょ |
| 機場<br>空港<br>くうこう | 大學<br>大学<br>だいがく | 醫院<br>病院<br>びょういん<br>p.42 | 百貨公司<br>デパート<br>でぱーと | 廁所<br>トイレ<br>といれ<br>p.40 |
| 收銀台<br>レジ<br>れじ<br>p.40 | 電梯<br>エレベーター<br>えれべーたー | 電扶梯<br>エスカレーター<br>えすかれーたー | 投幣式寄物櫃<br>コインロッカー<br>こいんろっかー<br>p.40 | 入口<br>入り口<br>いりぐち<br>p.40 |

| 出口 |
|---|
| 出口 |
| てぐち |

| 衣服／飾品 | T恤 | 襯衫 | 鞋子 | 襪子 |
|---|---|---|---|---|
| 衣類／アクセサリー | Tシャツ | ワイシャツ | 靴 | 靴下 |
| いるい／あくせさりー | てぃーしゃつ | わいしゃつ | くつ | くつした |
| | p.54 | | p.53, p.80 | |
| 領帶 | 短褲 | 長褲 | 夾克、外套 | 內衣褲 |
| ネクタイ | 半ズボン／ショートパンツ | ズボン／パンツ | ジャケット | 下着 |
| ねくたい | はんずぼん／しょーとぱんつ | ずぼん／ぱんつ | じゃけっと | したぎ |
| 短／長袖 | 裙子 | 牛仔褲 | 毛衣 | 工作服 |
| 半／長そで | スカート | ジーンズ | セーター | ジャンパー |
| はんそて／ながそて | すかーと | じーんず | せーたー | じゃんぱー |
| 浴衣（輕便和服） | 手錶 | 圍巾 | 眼鏡 | 泳衣 |
| 浴衣 | 時計 | マフラー | めがね | 水着 |
| ゆかた | とけい | まふらー | めがね | みずぎ |
| | p.53 | p.53 | | p.84 |
| 帽子 | 穿孔耳環 | 耳環 | 項鍊 | 手套 |
| 帽子 | ピアス | イヤリング | ネックレス | 手袋 |
| ぼうし | ぴあす | いやりんぐ | ねっくれす | てぶくろ |
| p.84 | | | | |
| 皮帶 | 戒指 | 手帕 | 手提包 | |
| ベルト | ゆびわ | ハンカチ | バッグ／かばん | |
| べると | ゆびわ | はんかち | ばっぐ／かばん | |
| | | | p.53 | |

| 文具用品<br>文房具<br>ぶんぼうぐ | 筆記本<br>ノート<br>のーと<br>p.53 | 筆<br>ペン<br>ぺん<br>p.53, p.82 | 剪刀<br>ハサミ<br>はさみ | 檔案夾<br>ファイル<br>ふぁいる |
|---|---|---|---|---|
| 橡皮擦<br>消しゴム<br>けしごむ | 便條紙<br>付箋<br>ふせん | （透明）膠帶<br>セロテープ<br>せろてーぷ | 封箱膠帶<br>ガムテープ<br>がむてーぷ | 釘書機<br>ホッチキス<br>ほっちきす |

| 傢具／電器用品<br>家具/電化製品<br>かぐ/てんかせいひん | 書桌<br>机<br>つくえ | 椅子<br>いす<br>いす | 桌子<br>テーブル<br>てーぶる | 床<br>ベッド<br>べっど |
|---|---|---|---|---|
| 日式床塾、棉被<br>布団<br>ふとん | 冰箱<br>冷蔵庫<br>れいぞうこ | 洗衣機<br>洗濯機<br>せんたくき | 吸塵器<br>掃除機<br>そうじき | 微波爐<br>電子レンジ<br>でんしれんじ |
| 冷氣、空調<br>エアコン<br>えあこん | 印表機<br>プリンタ<br>ぷりんた | 數位相機<br>デジカメ/デジタルカメラ<br>でじかめ/でじたるかめら<br>p.58 | 個人電腦<br>パソコン<br>ぱそこん<br>p.57, p.83 | 手機<br>携帯（電話）<br>けいたい（けいたいでんわ）<br>p.57 |
| 電子辭典<br>電子辞書<br>でんしじしょ<br>p.57 | | | | |

| 藥品<br>薬<br>くすり | 頭痛藥<br>頭痛薬<br>ずつうやく<br>p.50 | 止痛藥<br>痛み止め<br>いたみどめ | 感冒藥<br>かぜ薬<br>かぜぐすり | 胃藥<br>胃薬<br>いぐすり |
|---|---|---|---|---|
| 漱口水<br>うがい薬<br>うがいぐすり | 眼藥水<br>目薬<br>めぐすり | 鼻炎藥<br>点鼻薬<br>てんびやく | 止癢藥<br>かゆみ止め<br>かゆみどめ | 消毒劑<br>消毒液<br>しょうどくえき |
| OK繃<br>ばんそうこう<br>ばんそうこう | 止瀉藥<br>下痢止め<br>げりどめ | 藥膏貼布<br>湿布<br>しっぷ | 殺蟲劑<br>殺虫剤<br>さっちゅうざい | |

| 顔色<br>色<br>いろ | 紅色<br>赤(い)<br>あか(あかい)<br>p.4, p.66 | 藍色<br>青(い)<br>あお(あおい)<br>p.4, p.58 | 黃色<br>黄色(い)<br>きいろ(きいろい)<br>p.4 | 黑色<br>黒(い)<br>くろ(くろい)<br>p.4, p.58, p.66 |
|---|---|---|---|---|
| 白色<br>白(い)<br>しろ(しろい)<br>p.4, p.66 | 綠色<br>緑<br>みどり<br>p.4 | 橘色<br>オレンジ<br>おれんじ<br>p.4 | 粉紅色<br>ピンク<br>ぴんく<br>p.4 | 黃綠色<br>黄緑<br>きみどり<br>p.4 |
| 深藍色<br>紺<br>こん<br>p.4 | 水藍色<br>水色<br>みずいろ<br>p.4 | 紫色<br>紫<br>むらさき<br>p.4 | 咖啡色<br>茶色／ブラウン<br>ちゃいろ／ぶらうん<br>p.4 | 灰色<br>灰色／グレー<br>はいいろ／ぐれー<br>p.4 |

| 料理、菜 | 日本料理 | 壽喜燒 | 涮涮鍋 | 烤肉 |
|---|---|---|---|---|
| 料理 | 日本料理 | すき焼き | しゃぶしゃぶ | 焼肉 |
| りょうり | にほんりょうり | すきやき | しゃぶしゃぶ | やきにく |
| | p.4 | p.4 | p.4 | p.4 |
| 串燒 | 生魚片 | 天婦羅 | 炸雞塊 | 薑燒豬肉 |
| 焼き鳥 | 刺身 | 天ぷら | から揚げ | しょうが焼き |
| やきとり | さしみ | てんぷら | からあげ | しょうがやき |
| p.4 | p.4 | p.4, p.28 | p.4 | p.4 |
| 照燒雞肉 | 馬鈴薯燉肉 | 天婦羅蓋飯 | 雞肉蓋飯 | 牛肉蓋飯 |
| 鶏の照り焼き | 肉じゃが | 天丼 | 親子丼 | 牛丼 |
| とりのてりやき | にくじゃが | てんどん | おやこどん | ぎゅうどん |
| p.4 | p.4 | p.5 | p.5 | p.5, p.67 |
| 豬排蓋飯 | 關東煮 | 壽司 | 散壽司飯 | 豆皮壽司 |
| かつ丼 | おでん | (お)すし／にぎりずし | ちらしずし | いなりずし |
| かつどん | おでん | (おすし)すし／にぎりずし | ちらしずし | いなりずし |
| p.5 | p.4 | p.5, p.26 | p.5 | p.5 |
| 海苔壽司捲 | 狐狸烏龍麵（加豆皮） | 貍貓烏龍麵（加炸麵衣屑） | 天婦羅蕎麥麵 | 沾醬蕎麥麵 |
| のり巻き | きつねうどん | たぬきうどん | 天ぷらそば | ざるそば |
| のりまき | きつねうどん | たぬきうどん | てんぷらそば | ざるそば |
| p.5 | p.5 | p.5 | p.5 | p.5 |
| 醬油拉麵 | 鹽味拉麵 | 味噌拉麵 | 豚骨拉麵 | 炒麵 |
| しょうゆラーメン | 塩ラーメン | 味噌ラーメン | とんこつラーメン | 焼きそば |
| しょうゆらーめん | しおらーめん | みそらーめん | とんこつらーめん | やきそば |
| p.5 | p.5 | p.5 | p.5 | p.5 |
| 日式煎餅 | 文字燒 | 章魚燒 | 涼拌豆腐 | 炸豆腐 |
| お好み焼き | もんじゃ焼き | たこ焼き | 冷奴 | 揚げ出し豆腐 |
| おこのみやき | もんじゃやき | たこやき | ひややっこ | あげだしどうふ |
| p.5 | p.5 | p.5 | p.5 | p.5 |
| 毛豆 | 煎蛋捲 | 飯糰 | 茶泡飯 | 味噌湯 |
| 枝豆 | 卵焼き | おにぎり | お茶漬け | 味噌汁 |
| えだまめ | たまごやき | おにぎり | おちゃづけ | みそしる |
| p.5 | p.5 | p.6 | p.6 | p.6 |
| 豬肉什錦湯 | 便當 | 西式料理 | 可樂餅 | 炸蝦 |
| とん汁 | お弁当 | 洋食 | コロッケ | えびフライ |
| とんじる | おべんとう | ようしょく | ころっけ | えびふらい |
| p.6 | p.53 | p.6 | p.6 | p.6 |

| | | | | |
|---|---|---|---|---|
| 炸豬排<br>トンカツ<br>とんかつ<br>p.6 | 漢堡排<br>ハンバーグ<br>はんばーぐ<br>p.6 | 咖哩飯<br>カレー（ライス）<br>かれー（かれーらいす）<br>p.6, p.64 | 炸豬排咖哩<br>カツカレー<br>かつかれー<br>p.6 | 蛋包飯<br>オムライス<br>おむらいす<br>p.6 |
| 紅酒燉牛肉飯<br>ハヤシライス<br>はやしらいす | 披薩<br>ピザ<br>ぴざ | 義大利肉醬<br>ミートソース<br>みーとそーす<br>p.6 | 蕃茄義大利麵<br>ナポリタン<br>なぽりたん | 明太子義大利麵<br>タラコスパゲッティ<br>たらこすぱげってぃ |
| 奶油培根義大利麵<br>カルボナーラ<br>かるぼなーら | 焗烤<br>グラタン<br>ぐらたん | 燉飯<br>ドリア<br>どりあ | 漢堡<br>ハンバーガー<br>はんばーがー<br>p.69 | 起司漢堡<br>チーズバーガー<br>ちーずばーがー<br>p.69 |
| 照燒漢堡<br>テリヤキバーガー<br>てりやきばーがー<br>p.69 | 薯條<br>（フライド）ポテト<br>（ふらいどぽてと）ぽてと<br>p.69 | 沙拉<br>サラダ<br>さらだ<br>p.69 | 中式料理<br>中華料理<br>ちゅうかりょうり<br>p.6 | 炒飯<br>チャーハン<br>ちゃーはん<br>p.6 |
| 煎餃、鍋貼<br>餃子<br>ぎょうざ<br>p.6 | 春捲<br>春巻き<br>はるまき<br>p.6 | 燒賣<br>シュウマイ<br>しゅうまい<br>p.6 | 乾燒蝦仁<br>エビチリ<br>えびちり | 肉包<br>肉まん<br>にくまん |
| 炒蔬菜<br>野菜炒め<br>やさいいため | 中華蓋飯<br>中華丼<br>ちゅうかどん | 中華涼麵<br>冷やし中華<br>ひやしちゅうか | 甜點<br>デザート<br>でざーと<br>p.6 | 草莓蛋糕<br>ショートケーキ<br>しょーとけーき<br>p.6, p.73 |
| 泡芙<br>シュークリーム<br>しゅーくりーむ<br>p.6 | 布丁<br>プリン<br>ぷりん | 巧克力聖代<br>チョコレートパフェ<br>ちょこれーとぱふぇ | 蜜紅豆<br>みつまめ<br>みつまめ | 日式糯米糰<br>だんご<br>だんご |
| 刨冰<br>かき氷<br>かきごおり | 醃漬品、醬菜<br>漬物<br>つけもの<br>p.6 | 醃梅子<br>梅干<br>うめぼし<br>p.6 | 醃蘿蔔<br>たくあん<br>たくあん<br>p.6 | 福神醬菜(使用七種代表七福神的食材)<br>ふくじんづけ<br>ふくじんづけ<br>p.7 |
| 蕗蕎<br>らっきょう<br>らっきょう<br>p.7 | 泡菜<br>キムチ<br>きむち<br>p.7 | | | |

| 食材<br>食材<br>しょくざい | 調味料<br>調味料<br>ちょうみりょう | 鹽<br>塩<br>しお<br>p.98 | 胡椒<br>こしょう<br>こしょう | 砂糖<br>砂糖<br>さとう<br>p.70 |
|---|---|---|---|---|
| 醬油<br>しょうゆ<br>しょうゆ<br>p.98 | 美式辣醬<br>タバスコ<br>たばすこ | 黃芥末醬<br>マスタード<br>ますたーど | 起司粉<br>粉チーズ<br>こなちーず | 醬料<br>ソース<br>そーす |
| 七味粉<br>七味(とうがらし)<br>しちみ(しちみとうがらし)<br>p.7 | 醋<br>(お)酢<br>(お)す | 柑橘醋<br>ポン酢<br>ぽんず | 美乃滋<br>マヨネーズ<br>まよねーず | 料理酒<br>みりん<br>みりん |
| 蕃茄醬<br>ケチャップ<br>けちゃっぷ | 辣油<br>ラー油<br>らーゆ | 味噌<br>味噌<br>みそ | 佐料<br>薬味<br>やくみ<br>p.7 | 海苔<br>のり<br>のり<br>p.7 |
| 青海苔<br>青のり<br>あおのり<br>p.7 | 柴魚片<br>かつおぶし<br>かつおぶし<br>p.7 | 醃紅薑<br>紅しょうが<br>べにしょうが<br>p.7 | 芝麻<br>ごま<br>ごま<br>p.7 | 蔥<br>ねぎ<br>ねぎ<br>p.7 |
| 蘿蔔泥<br>大根おろし<br>だいこんおろし<br>p.7 | 芥末<br>わさび<br>わさび<br>p.7 | 黃芥末<br>からし<br>からし<br>p.7 | 納豆<br>納豆<br>なっとう<br>p.7 | 豆腐<br>豆腐<br>とうふ<br>p.7 |
| 油豆腐<br>油揚げ<br>あぶらあげ<br>p.7 | 魚板<br>かまぼこ<br>かまぼこ<br>p.7 | 蒟蒻<br>こんにゃく<br>こんにゃく<br>p.7 | 海帶芽<br>わかめ<br>わかめ<br>p.7 | 昆布<br>こんぶ<br>こんぶ<br>p.7 |
| 鱈魚子<br>たらこ<br>たらこ<br>p.7 | 明太子(辣鱈魚子)<br>明太子<br>めんたいこ<br>p.7 | 鮪魚<br>まぐろ<br>まぐろ | 蝦<br>えび<br>えび | 花枝<br>いか<br>いか |
| 帆立貝<br>ほたて<br>ほたて | 章魚<br>たこ<br>たこ | 鮑魚<br>あわび<br>あわび | 牡蠣<br>かき<br>かき | 沙丁魚<br>いわし<br>いわし |

| | | | | |
|---|---|---|---|---|
| 鮭<br>さけ<br>さけ | 青花魚<br>さば<br>さば | 鰻魚<br>うなぎ<br>うなぎ | 鮭魚子<br>いくら<br>いくら | 海膽<br>うに<br>うに |
| 蟹<br>かに<br>かに | 河豚<br>フグ<br>ふぐ | 肉<br>肉<br>にく | 雞肉<br>鶏肉<br>とりにく | 絞肉<br>ひき肉<br>ひきにく |
| 蔬菜<br>野菜<br>やさい | 豆芽菜<br>もやし<br>もやし | 萵苣<br>レタス<br>れたす | 小黃瓜<br>きゅうり<br>きゅうり | 茄子<br>なす<br>なす |
| 苦瓜<br>ゴーヤ<br>ごーや | 高麗菜<br>キャベツ<br>きゃべつ | 紅蘿蔔<br>にんじん<br>にんじん | 青椒<br>ピーマン<br>ぴーまん | 洋蔥<br>たまねぎ<br>たまねぎ |
| 竹筍<br>たけのこ<br>たけのこ | 菠菜<br>ほうれんそう<br>ほうれんそう | 南瓜<br>かぼちゃ<br>かぼちゃ | 馬鈴薯<br>じゃがいも<br>じゃがいも | 蕃薯<br>さつまいも<br>さつまいも |
| 大蒜<br>にんにく<br>にんにく | 芹菜<br>セロリ<br>せろり | 白菜<br>白菜<br>はくさい | 白蘿蔔<br>大根<br>だいこん | 蓮藕<br>レンコン<br>れんこん |
| 牛蒡<br>ごぼう<br>ごぼう | 香菇<br>しいたけ<br>しいたけ | 鴻喜菇<br>しめじ<br>しめじ | 金針菇<br>えのき<br>えのき | 水果<br>果物<br>くだもの |
| 葡萄<br>ぶどう<br>ぶどう | 西瓜<br>すいか<br>すいか | 蘋果<br>りんご<br>りんご | 柑橘<br>みかん<br>みかん | 枇杷<br>びわ<br>びわ |
| 桃<br>もも<br>もも | 草莓<br>いちご<br>いちご | 梨<br>なし<br>なし | 柿<br>かき<br>かき | 櫻桃<br>さくらんぼ<br>さくらんぼ |

| 飲料<br>飲み物<br>のみもの | 水<br>水<br>みず<br>p.50, p.58, p.72 | 茶<br>お茶<br>おちゃ | 綠茶<br>緑茶<br>りょくちゃ | 抹茶<br>抹茶<br>まっちゃ |
|---|---|---|---|---|
| 麥茶<br>麦茶<br>むぎちゃ | 烏龍茶<br>ウーロン茶<br>うーろんちゃ | 紅茶<br>紅茶<br>こうちゃ | 冰紅茶<br>アイスティー<br>あいすてぃー<br>p.69 | 咖啡<br>コーヒー<br>こーひー |
| 冰咖啡<br>アイスコーヒー<br>あいすこーひー<br>p.69 | （咖啡）奶精<br>（コーヒー）ミルク<br>（こーひーみるく）みるく<br>p.70 | 糖漿<br>ガムシロップ<br>がむしろっぷ<br>p.70 | 咖啡牛奶<br>カフェオレ<br>かふぇおれ | 卡布奇諾<br>カプチーノ<br>かぷちーの |
| 熱可可<br>ココア<br>ここあ | 果汁<br>ジュース<br>じゅーす | 可樂<br>コーラ<br>こーら<br>p.69, p.72 | 薑汁汽水<br>ジンジャエール<br>じんじゃえーる | 牛奶<br>牛乳<br>ぎゅうにゅう |
| 豆漿<br>豆乳<br>とうにゅう | 酒<br>（お）酒<br>（おさけ）さけ<br>p.32, p.50 | （罐裝／瓶裝）啤酒<br>（缶／ビン）ビール<br>かんびーる／びんびーる<br>p.30 | 生啤酒<br>生ビール<br>なまびーる<br>p.64, p.72 | 日本清酒<br>日本酒<br>にほんしゅ |
| 熱酒（日本酒加溫）<br>熱燗<br>あつかん | 冷酒（日本酒冷藏）<br>冷酒<br>れいしゅ | （紅／白）酒<br>（赤／白）ワイン<br>あかわいん／しろわいん | 香檳<br>シャンパン<br>しゃんぱん | 雞尾酒<br>カクテル<br>かくてる |
| 加水稀釋<br>水割り<br>みずわり | 加熱水稀釋<br>お湯割り<br>おゆわり | 蘇打特調<br>ソーダ割り<br>そーだわり | 檸檬沙瓦<br>レモンサワー<br>れもんさわー | 威士忌<br>ウイスキー<br>ういすきー |
| 加冰塊<br>ロック<br>ろっく | 直飲（什麼都不加）<br>ストレート<br>すとれーと | 氣泡酒<br>チューハイ<br>ちゅーはい | 梅酒<br>梅酒<br>うめしゅ | |

| 餐具<br>食器類<br>しょっきるい | 盤子<br>皿<br>さら<br>p.98 | （分裝用）小盤子<br>取り皿<br>とりざら<br>p.64 | 杯子<br>コップ<br>こっぷ | 玻璃杯<br>グラス<br>ぐらす<br>p.64 |
|---|---|---|---|---|
| 刀子<br>ナイフ<br>ないふ | 叉子<br>フォーク<br>ふぉーく<br>p.64 | 中式湯匙<br>れんげ<br>れんげ | 湯匙<br>スプーン<br>すぷーん<br>p.64 | 筷子<br>（お）はし<br>（おはし）はし<br>p.70, p.9498 |
| 免洗筷<br>割りばし<br>わりばし | 吸管<br>ストロー<br>すとろー<br>p.70 | 濕紙巾<br>おしぼり<br>おしぼり<br>p.64 | 牙籤<br>つまようじ<br>つまようじ | 餐巾紙<br>ナプキン<br>なぷきん |

| 日用品<br>日用品<br>にちようひん | 傘<br>かさ<br>かさ<br>p.50 | 面紙<br>ティッシュ<br>てぃっしゅ | 牙刷<br>歯ブラシ<br>はぶらし | 電池<br>電池<br>でんち<br>p.50 |
|---|---|---|---|---|
| 燈泡<br>電球<br>でんきゅう | 香菸<br>たばこ<br>たばこ<br>p.50 | 菸灰缸<br>灰皿<br>はいざら | 毛巾<br>タオル<br>たおる<br>p.53 | 香皂<br>せっけん<br>せっけん |
| 清潔劑<br>洗剤<br>せんざい | 紙袋<br>紙袋<br>かみぶくろ<br>p.70 | 塑膠袋<br>ビニール袋<br>びにーるぶくろ<br>p.70 | 報紙<br>新聞<br>しんぶん<br>p.50 | 地圖<br>地図<br>ちず<br>p.50, p.96 |

| 交通工具／火車<br>乘り物／電車<br>のりもの／でんしゃ | 摩托車<br>バイク<br>ばいく | 計程車<br>タクシー<br>たくしー | 自行車<br>自転車<br>じてんしゃ<br>p.57 | 渡輪<br>フェリー<br>ふぇりー |
|---|---|---|---|---|
| 地鐵<br>地下鉄<br>ちかてつ<br>p.38 | 剪票口<br>改札<br>かいさつ | 車票<br>切符<br>きっぷ | 車票售票處<br>切符売り場<br>きっぷうりば | 往…<br>～行き<br>～いき |
| 普通車／每站停車<br>普通／各駅停車<br>ふつう／かくえきていしゃ | 平快車(停站較普通車少)<br>快速<br>かいそく | 快車(僅大站或間隔停)<br>急行<br>きゅうこう | 特快車(僅停大站)<br>特急<br>とっきゅう | 回送車(不供搭乘)<br>回送<br>かいそう |
| 站務員<br>駅員<br>えきいん | 列車長<br>車掌<br>しゃしょう | 座位<br>席<br>せき | 指定票座<br>指定席<br>していせき | 自由座<br>自由席<br>じゆうせき |
| 商務車廂<br>グリーン車<br>ぐりーんしゃ | 末班車<br>終電<br>しゅうでん | 首班車<br>始発(電車)<br>しはつ(しはつでんしゃ) | 博愛座<br>優先席<br>ゆうせんせき | 女性專用車廂<br>女性専用車<br>じょせいせんようしゃ |
| 販賣部<br>売店／キオスク<br>ばいてん／きおすく | 鐵路便當<br>駅弁<br>えきべん | | | |

| 活動<br>イベント<br>いべんと | 春酒<br>新年会<br>しんねんかい | 尾牙<br>忘年会<br>ぼうねんかい | 春假<br>春休み<br>はるやすみ | 暑假<br>夏休み<br>なつやすみ |
|---|---|---|---|---|
| 寒假<br>冬休み<br>ふゆやすみ | 搗年糕<br>餅つき<br>もちつき | 音樂會／演唱會<br>コンサート／ライブ<br>こんさーと／らいぶ | 烤肉<br>バーベキュー<br>ばーべきゅー | 歡送會<br>送別会<br>そうべつかい |
| 歡迎會<br>歓迎会<br>かんげいかい | 續攤<br>２次会<br>にじかい | 約會<br>デート<br>でーと | 聯誼<br>合コン<br>ごうこん | 結婚典禮<br>結婚式<br>けっこんしき |
| 戶外慶典<br>野外フェス<br>やがいふぇす | | | | |

| 傳統技藝<br>伝統芸能<br>てんとうげいのう | 能劇<br>能<br>のう | 茶道<br>茶道<br>さどう | 插花<br>華道<br>かどう | 書法<br>書道<br>しょどう |
|---|---|---|---|---|
| 俳句<br>俳句<br>はいく | 落語<br>落語<br>らくご | | | |

● 著者紹介 ●

**渡部 由紀子　WATANABE Yukiko**

Coto Language Academy代表。タイでの日本語教育、㈱リクルートでの営業職を経て、ボランティア日本語グループWAIWAIで代表を務めるなど10年間活動。Coto Language Academyを設立し、会話中心の少人数レッスンで多様な学習ニーズに応えられるサービスを目指す。2児の母。

**角谷 佳奈　SUMITANI Kana**

Coto Language Academyスタッフ兼講師。学習者ニーズ調査やカウンセリング担当。千葉県出身。大学で日本文学・日本語学専攻。通信会社勤務、速記者、ボランティア日本語教師経験後、現職に。海外一人旅にて様々なコミュニケーション術を学ぶ。

**左 弥寿子　HIDARI Yasuko**

Coto Language Academyスタッフ兼講師。教材・カリキュラム開発担当。海産物卸売業を営む両親のもと、長崎に生まれる。スコットランドの大学院にて「産業としてのロック音楽」を研究。文化関連のシンクタンク勤務を経て、現職。

**緒方 由希子　OGATA Yukiko**

Coto Language Academy講師。静岡県出身。美大卒業後、DTP、帽子デザインなどの仕事に携わる。日本語教師という職業を知り、異文化交流に興味があったことから日本語教師に転向。現在は駿台外語綜合学院、ボランティア教室での講師も。

著者連絡先：info@funjapanese.net

イラスト　　　平塚徳明

本書原名―「NIHONGO FUN & EASY」

# 短期速成　流利說日語 1 　　　　　　　　　（附有聲CD1片）

2011 年（民 100）12 月 1 日 第 1 版 第 1 刷 發行
2017 年（民 106）11 月 1 日 第 1 版 第 5 刷 發行

定價 新台幣：380 元整

| | |
|---|---|
| 著　　　者 | 渡部由紀子・角谷佳奈・左弥寿子・緒方由希子 |
| 授　　　權 | 株式会社 アスク出版 |
| 發 行 人 | 林 駿 煌 |
| 發 行 所 | 大新書局 |
| 地　　　址 | 台北市大安區(106)瑞安街256巷16號 |
| 電　　　話 | (02)2707-3232・2707-3838・2755-2468 |
| 傳　　　真 | (02)2701-1633・郵政劃撥：00173901 |
| 法 律 顧 問 | 中新法律事務所　田俊賢律師 |
| 香 港 地 區 | 香港聯合書刊物流有限公司 |
| 地　　　址 | 香港新界大埔汀麗路 36 號 中華商務印刷大廈 3 字樓 |
| 電　　　話 | (852)2150-2100 |
| 傳　　　真 | (852)2810-4201 |